SARAH ARMSTRONG

Roses rouge sang

Traduit de l'américain par Jackie Landreaux

ILLUSTRATIONS
DE JEAN-JACQUES VINCENT

SPECTRES

HAUTE TENSION

L'édition originale de ce roman a été publiée
sous le titre :
BLOOD RED ROSES
par Dell Publishing Co., Inc., New York,
dans la collection TWILIGHT™

79, boulevard Saint-Germain, 75006 Paris.

PREMIÈRE PARTIE

KATE

CHAPITRE 1

« Qu'est-ce qui se passe ? Tu ne vas pas te laisser abattre par une chipie come Tracy. »

Kate s'approcha du miroir, esquissa une grimace et, plissant les yeux, observa attentivement son reflet : ses cheveux blonds coupés au carré tombaient sur ses épaules, son nez retroussé avait des taches de son. Elle écarquilla ses prunelles marron agrandies par les larmes ! Bof... rien d'étonnant à ce que sa nouvelle amie, Donna Margolis, prétende l'avoir déjà vue quelque part ! Kate avait un visage banal entre tous !

Avec un soupir résigné, la jeune fille se détourna. Une chose était certaine : une beauté telle que Tracy ne pouvait éprouver de la jalousie à son égard. Elle devait avoir d'autres raisons pour la détester... et ce vieux miroir avait dû être la goutte faisant déborder le vase.

Kate revint se blottir dans le grand lit de cuivre dont elle avait rêvé toute sa vie et qui était enfin le sien depuis que les Mayfield s'étaient installés à Shelter Cove. C'est-à-dire depuis un mois à peine ! Sa chambre, située sous les combles de la vieille maison, la ravissait. Elle avait l'impression d'y vivre depuis seize ans et, sans Tracy Van Reed pour lui gâcher l'existence, l'avenir se dessinait sous les meilleurs auspices.

Kate ferma les yeux et se pelotonna sous la couverture tricotée par sa mère. Chacun des petits carrés qui la composaient avait été fabriqué dans l'une des villes où la famille avait habité. Ils avaient tous une histoire.

« Ce ciel bleu vient des Indes, racontait Mme Mayfield. Tu étais trop jeune pour t'en souvenir, Kate. Ce morceau de corail date de l'époque où nous vivions à Sainte Croix et le vert remonte à notre séjour à Puerto Rico. »

Shelter Cove, dans le Massachusetts, n'apparaissait pas sur l'ouvrage de sa mère, pour la bonne raison qu'ils avaient décidé de s'y fixer.

« Plus besoin de souvenirs, dit-elle à Kate. Nous y restons. »

D'un ton emphatique, son père avait ajouté :

« Il est grand temps que nos deux enfants poursuivent leurs études dans un endroit fixe, au lieu de parcourir le monde comme des bohémiens. »

C'était tout à fait l'avis de Kate. Tandis qu'à son âge, tous les adolescents rêvent d'une voiture de sport ou d'un cheval, elle ne souhaitait qu'une vie normale, un peu casanière.

Elle l'avait enfin obtenue et ce ne serait pas une Tracy Van Reed qui saboterait ce bonheur ! De plus, Kate savait très bien que ce conflit à propos du miroir n'était pas la raison de leur antipathie. Se redressant, la jeune fille donna un coup de poing dans son polochon et contempla l'objet du litige. Il était vraiment magnifique. Qui aurait pu deviner qu'il déclencherait une telle pagaille ? Kate se souvint de ce jour où elle l'avait découvert... Quel bonheur !

... C'était deux semaines plus tôt, par un tiède samedi après-midi. La faible luminosité annonçait déjà le départ de l'été.

Kate déambulait dans la rue principale de sa nouvelle ville, faisant du lèche-vitrine devant les magasins délaissés par les touristes. Le soleil dorait la cime des chênes, la brise venant du port caressait son visage, mais elle avait été tout de même étonnée par tant de calme. Donna lui avait déjà expliqué que, hors saison, Shelter Cove n'était pas plus animé qu'un escargot faisant la sieste. Elle avait raison ! Toutefois, Kate n'avait pas l'intention de s'en plaindre. Plutôt vivre dans une petite ville endormie que courir le monde comme ils l'avaient fait jusqu'à présent.

Après s'être renseignée sur le prix d'un jean et de plusieurs chandails, la jeune fille allait prendre le chemin du retour, lorsque soudain une enseigne attira son attention : JENKINS ET CIE. ANTIQUITÉS, BRIC-A-BRAC.

Derrière la devanture poussiéreuse, un vieil ours

en peluche voisinait avec des poupées délicatement restaurées et de nombreuses miniatures.

Subjugée, Kate avait écarquillé les yeux et, une minute plus tard, elle poussait la porte de la boutique.

Il faisait si sombre à l'intérieur que, pendant un instant, elle s'était demandé si le magasin n'était pas tout simplement abandonné. Puis, une voix chevrotante avait lancé :

« J'arrive ! Aussi vite que mes vieilles jambes me le permettent ! »

Un homme âgé avait alors surgi. Derrière ses lorgnons, ses yeux bleus pétillants s'étaient posés sur Kate.

« Je suis M. Jenkins, et vous êtes autorisée à fouiller, jeune fille.

— Merci. Votre magasin est génial ! Je n'ai jamais vu autant d'objets extraordinaires de toute ma vie !

— Rat d'égout. C'est ainsi que ma femme me surnommait. Dieu ait son âme ! Elle me reprochait d'entasser des vieilleries, mais un jour ou l'autre, il y a un client pour toute chose sur cette terre. Vous serez étonnée ! »

Ce fut à cette seconde que Kate LE vit !

« Oh, le merveilleux miroir. Il est ciselé à la main !

— Ah, là, attention ! grommela M. Jenkins en la voyant s'en approcher. On fabriquait de belles pièces jadis, et si je ne m'abuse, celle-ci est la plus ancienne que j'aie jamais vue. »

Kate avait décroché le miroir. A en juger par son poids, il traînait même des siècles d'histoire. La jeune fille en avait eu le souffle coupé... Sans doute, parce qu'elle le désirait terriblement. Après l'avoir placé sous la lumière, Kate découvrit une date et un nom gravés au canif. 1840. M. R. HENLEY.

« Il est vraiment très ancien ! s'exclama-t-elle. Ce M. R. Henley, croyez-vous que ce soit lui qui ait gravé cela ? »

Le vieil homme s'approcha et, après avoir rajusté ses lorgnons, l'examina à son tour.

« Non, grommela-t-il. Ce miroir a dû passer entre les mains de quelqu'un d'autre qui aura grossièrement marqué cela. Peut-être un gosse... Néanmoins, cet objet a de la valeur. »

Il sait que je le veux, avait pensé Kate. Il était trop tard pour feindre l'indifférence.

« Combien en voulez-vous, monsieur Jenkins ? J'adorerais l'accrocher dans ma chambre, mais je ne peux pas mettre beaucoup... »

Evidemment, ils avaient commencé à marchander ! Une petite lueur s'était allumée dans les yeux du brave antiquaire habitué à ce jeu de l'offre et de la demande. De cent dollars, il était descendu jusqu'à cinquante. Ce prix était encore trop élevé pour la bourse de Kate. Finalement, elle avait essayé de transiger.

« Si vous acceptez vingt-cinq dollars aujourd'hui et autant la semaine prochaine, je le prends », avait-elle proposé.

Après une minute d'hésitation, le vieil homme avait souri.

« C'est entendu, jeune fille. »

Kate avait vidé son porte-monnaie et était repartie ravie. Hélas ! huit jours plus tard, en entrant dans la boutique pour payer le solde, elle avait eu la mauvaise surprise d'y retrouver Tracy Van Reed.

Celle-ci protestait d'une voix pointue.

« Vraiment, monsieur Jenkins, je n'arrive pas à comprendre pourquoi vous vous montrez si difficile ! Vous savez pourtant combien ma famille a dépensé d'argent dans votre magasin.

— Là n'est pas la question, Tracy, rétorqua l'antiquaire. Il faut savoir être correct. Or, quelqu'un d'autre m'a déjà versé des arrhes.

— Mais, je vous le paie cash, moi ! Vous n'avez qu'à rendre cet acompte et personne ne saura jamais que c'est moi qui ai acheté ce miroir. »

Le miroir ! Kate s'était immobilisée sur le seuil. Son cœur battait très vite. Intérieurement, elle s'était mise à prier... Je vous en prie, monsieur Jenkins, ne le laissez pas partir. Il m'appartient déjà !

Tracy trépignait de colère et secouait sa lourde chevelure blonde.

« Je suis désolé, Tracy, avait gentiment répliqué M. Jenkins. Certes, vous et vos parents, êtes de bons clients. Mais ce n'est pas dans mes habitudes de manquer à ma parole. Et croyez-moi, cette jeune fille désire ce miroir autant que vous.

— Je m'en moque éperdument. Il est magnifique et je le veux ! »

Kate s'était alors avancée et tous deux s'étaient retournés.

« D'ailleurs, la voici. Vous venez chercher votre trésor, jeune fille ? Si vous avez changé d'avis,

Mlle Van Reed est prête à vous l'enlever des mains. »

Kate avait jeté à M. Jenkins un regard reconnaissant, tandis qu'une expression dédaigneuse apparaissait sur la jolie figure de Tracy.

Laisse-lui ce miroir, avait pensé Kate. De toute évidence, Tracy le veut désespérément. Elle aussi... Mais, peut-être puis-je vivre sans lui ?

Avec regret, ses yeux avaient effleuré une dernière fois le magnifique objet, lorsque soudain, elle avait eu l'impression que le miroir l'appelait. Elle s'était brusquement ravisée.

« J'ai apporté le reste de la somme, monsieur Jenkins », s'entendit-elle déclarer.

Pas un muscle du visage de Tracy n'avait bougé lorsque Kate s'était approchée du comptoir pour compter son argent. Elle l'avait gagné en sacrifiant ses loisirs et en faisant du babysitting auprès de son jeune frère, Joey. Tracy s'était contentée de croiser les bras sur sa poitrine, et de serrer les lèvres.

Sur le chemin du retour, Kate avait trébuché une bonne dizaine de fois, tant son précieux fardeau était lourd et encombrant. Ensuite, la jeune fille l'avait amoureusement accroché en face de son lit afin de le contempler chaque matin et chaque soir. Elle avait enfin obtenu ce qu'elle voulait. Avec ou sans l'accord de Tracy.

Etendue dans son lit, Kate estima avoir bien fait. Tracy devait apprendre à ne pas tout obtenir sous prétexte que son père était vice-président de la firme électronique Van Reed.

Et il était bien dommage que M. Mayfield travaillât aussi pour la Van Reed Electronique ! Sinon, Kate ne s'en serait pas tenue là pour damer le pion à la belle Tracy.

Oublie-la, se dit-elle. Si tu ne fais pas attention à Tracy, elle ne t'ennuiera plus. C'est tout ce qui compte.

Hélas... ce n'était qu'une illusion et Kate s'en rendit compte lorsque, le cœur battant, elle se réveilla au petit jour.

Un cauchemar. Rien de plus, mais quel cauchemar ! De quoi vous faire dresser les cheveux sur la tête. La jeune fille se frotta les yeux dans l'espoir de chasser l'horrible image de Tracy au rictus inhumain. Son ennemie avait cherché à l'agripper et du sang coulait de ses doigts fourchus...

Tremblant encore, Kate alluma sa lampe de chevet et s'empara d'un magazine. Elle ne parviendrait pas à se rendormir. Les premières lueurs de l'aube glissèrent sur les murs... Ce rêve était un avertissement. Jamais Tracy n'oublierait ni ne pardonnerait.

Kate avait toute la journée du dimanche pour se calmer... Malheureusement, lundi, il lui serait impossible d'éviter Tracy Van Reed au lycée. Cette perspective lui fit froid dans le dos.

CHAPITRE 2

Lorsque Kate s'éveilla le lundi matin, une insurmontable angoisse la paralysa. Eût-elle été ligotée dans son lit, il en eût été de même. La jeune fille dut faire un effort surhumain pour se lever. La vue du miroir accroché au mur lui rappela brutalement la vérité : cette journée serait terrible. Un seul nom résonna dans sa tête : Tracy !

« J'aurais dû le lui laisser... » murmura-t-elle en traversant sa chambre pour aller chercher ses vêtements.

Mais, quand elle passa devant ce vieil objet, patiné par le temps, une onde de tendresse l'inonda et Kate ajouta aussi vite :

« Tu es à moi... Je ne regrette rien ! »

Ses doigts effleurèrent le cadre en bois. A qui avait-il appartenu ? Qui avait été M. R. HEN-

LEY... ? Un homme ? Une jolie jeune femme ? Les miroirs gardaient-ils le souvenir de ceux qui s'y étaient contemplés ?

Kate s'habilla rapidement et descendit à la cuisine. Sa mère et Joey étaient déjà installés à table, son père partant aux aurores.

« Que préfères-tu ? De la brioche ou des œufs frits ? demanda Mme Mayfield en sortant une tasse du buffet.

— Seulement du thé et une tartine grillée, maman.

— Moi, je voudrais un autre petit pain, maman ! brailla Joey, la bouche pleine. Je suis affamé !

— Comme d'habitude », souligna affectueusement sa sœur.

Agé de douze ans, le jeune garçon leva les bras au ciel.

« Les athlètes doivent manger ! » rétorqua-t-il avec superbe.

Puis, se tournant vers sa mère.

« Hé, maman, t'ai-je dit que Carter m'a sélectionné pour l'équipe de football ?

— C'est très bien, répondit Mme Mayfield d'un ton distrait... Dis-moi, Kate, les choses se sont-elle arrangées entre toi et la fille de Dexter Van Reed ? »

Kate se mordit la langue. Bien sûr, ses parents s'inquiétaient. Après tout, Tracy était la fille du patron de son père !

« Oh ! ça va aller, mentit-elle.

— Parfait. »

Mme Mayfield eut un sourire attendri avant de reprendre, un peu attristée.

« Tu sais, d'après ton père, cette pauvre enfant

n'a pas une vie agréable. M. Van Reed n'est jamais chez lui. Quant à sa femme, elle passe la moitié du temps au lit avec des migraines... et une gueule de bois. »

A peine eut-elle formulé ces derniers mots que Mme Mayfield se mordit les lèvres pour avoir trop parlé. Ce n'était pourtant un secret pour personne : pâle et délicate, Mme Van Reed était capable de boire du scotch à la bouteille, comme un troupier. Ce n'était pas pour autant que Tracy avait le droit de se montrer aussi désagréable.

« De plus, continua la mère de Kate, n'oublie pas que Tracy n'est que depuis un an dans votre lycée. Je ne dis pas que notre vie de saltimbanques était plus facile pour toi... Mais, je me demande comment tu aurais réagi si l'on t'avait mise en pension jusqu'à ce jour ? »

Présentée ainsi, l'existence de Tracy manquait évidemment d'agrément !

« Je suppose que tu as raison », opina sagement Kate en embrassant sa mère et son frère avant de s'emparer de ses livres pour se rendre à ses cours.

Ses idées étaient confuses lorsqu'elle quitta la maison. Marchant à grands pas vers les bâtiments de briques rouges situés à la sortie de la ville, Kate entendit soudain son nom. Elle se retourna. Donna Margolis, ses cheveux roux au vent, piquait un sprint pour la rattraper. Ses joues étaient plus rouges que jamais !

« Eh bien, toi ! protesta son amie, essoufflée.

— Désolée, Donna ! J'ai complètement oublié de t'attendre au coin de la rue. Je ne sais pas ce que j'ai, ce matin... La tête complètement ailleurs.

— En effet ! Je t'ai vue sortir de chez toi comme une somnambule. Qu'est ce qui t'arrive ?

— Bof... rien de très important.

— Ça m'étonnerait ! Figure-toi que j'ai croisé Tracy qui m'a fusillée du regard. Ne me dis pas que vous vous êtes encore disputées ? »

Kate haussa les épaules avec une feinte désinvolture.

« Ecoute, Donna, je sais que c'est stupide, mais justement, la nuit dernière, j'ai fait un affreux cauchemar à son sujet. »

Elle frissonna en revoyant l'horrible image de Tracy se jetant sur elle.

Donna hocha la tête.

« A mon avis, Tracy est tout simplement mal dans sa peau, Kate. Je te l'ai déjà dit. Tu ne devrais pas tant te préoccuper de ses réactions. »

Kate ne répondit pas, elles marchèrent un instant en silence, mais en arrivant devant la porte du lycée, Donna reprit :

« Tu comprendras vite que Tracy se sent surtout très seule. Et puis, elle se retrouve frustrée lorsqu'on t'interroge sur les Indes, Tokyo ou l'Europe. Attends un peu et tu verras qu'elle finira par se détendre et être aimable avec toi. »

Kate en doutait. Surtout après l'incident du miroir. Mais, pour une obscure raison, elle n'avait pas envie d'en parler. Aussi, après avoir souhaité bonne chance à son amie, la jeune fille s'éloigna en direction des vestiaires.

A cet instant, elle aperçut Tracy. Elle eut envie de tourner les talons, mais trop tard.

« Salut, Kate », lança Tracy d'un ton égal.

A son grand étonnement, sa svelte ennemie lui décocha un sourire radieux. Ses dents parfaites brillaient comme des perles blanches. Confuse, Kate balbutia.

« Hello, Tracy. »

Donna avait-elle raison ? Tout compte fait, peut-être Tracy passerait-elle l'éponge ? Un vague soulagement l'envahit. Sans autre commentaire, Tracy s'éloigna et Kate soupira.

Le lendemain, Tracy acheva de la stupéfier. Tandis que Kate déjeunait en compagnie de Donna, Tracy surgit dans le réfectoire, accompagnée de Jill Mayer. Passant à côté de leur table, elle s'arrêta pour lancer aimablement :

« Je voulais vous inviter toutes les deux pour demain. J'ai reçu de nouveaux disques. Cela vous plairait-il de venir avec quelques camarades pour les écouter ?

— Ce serait génial, répliqua Donna, tandis que Kate, la gorge nouée, esquissait un sourire.

— Parfait. »

Tracy parut sincèrement contente. Toutefois, Kate nota avec humour que Jill Mayer n'avait pas l'intention de se montrer aussi sympathique. Une expression hautaine se peignit sur son visage tandis qu'elles quittaient la salle à manger.

« Eh bien, tu vois, chuchota Donna triomphante. Je te l'avais bien dit. Tracy n'est pas aussi mauvaise que tu le crois.

— Je souhaite que tu aies raison. »

Kate n'en était pas encore convaincue.

CHAPITRE 3

Après avoir jeté un regard affamé sur le rôti qui trônait au milieu de la table, M. Mayfield déclara, satisfait :

« Je suis évidemment ravi que tu te sois réconciliée avec Tracy Van Reed, Kate. Mais, j'espère que ce n'est pas uniquement à cause de moi !

— Bien sûr que non, papa. Après tout, je suis nouvelle au lycée et je dois me faire des amies. »

Une grimace amusée plissa le visage un peu enfantin de son père.

« A t'entendre Tracy Van Reed est loin de devenir *l'amie* numéro un. »

Kate haussa les épaules et se servit abondamment de pommes de terre.

« En fait, je ne la connais pas beaucoup », répondit-elle seulement.

A en juger par l'expression soulagée de son père, Kate devina qu'il était malgré tout enchanté que cette petite guerre fût terminée. Il était normal que ses parents eussent envie de vivre en paix dans cette ville.

Le dîner terminé, Kate gravit l'étroit escalier conduisant à sa chambre. Parmi les bouquins jetés pêle-mêle sur son lit, elle choisit son livre d'histoire avant de s'installer devant son petit bureau.

L'histoire était sa matière favorite. A courir le monde, Kate s'était passionnée pour le passé historique de chaque pays. Les maths en revanche étaient son point faible. Chaque fois qu'elle arrivait dans une nouvelle école, elle se retrouvait en retard sur le programme prévu.

Avant d'étudier la révolution américaine, Kate décida de répondre tout de suite aux questions concernant l'histoire du Massachusetts. Il lui plaisait de vivre désormais dans un Etat où s'étaient déroulés tant d'événements importants. Boston était d'ailleurs la ville natale de ses parents et grands-parents. Kate aussi y avait vu le jour. Mais, elle l'avait quittée alors qu'elle était trop petite pour s'en souvenir.

Par bonheur, Boston n'était qu'à quelques heures de voiture de Shelter Cove. Kate pourrait aller visiter cette grande ville et y retrouver, çà et là, tous les vestiges évoqués dans ce livre d'histoire. Ils prendraient vie.

Son travail terminé, Kate referma son cahier et poussa un soupir de satisfaction. Elle s'étira et se sentit brusquement attirée par son miroir.

Elle s'en approcha lentement et contempla son

reflet. De nouveau, l'émotion l'envahit. C'était absurde, mais la jeune fille éprouvait un orgueil démesuré à se retrouver propriétaire d'une telle merveille. Sans doute avait-elle conscience de tous les visages qui s'y étaient reflétés. Chacun d'eux avait eu une histoire...

Soudain, un étrange phénomène se produisit... son image se brouilla... ses traits s'estompèrent... et une salle de bal apparut lentement sur la glace. Des hommes et des femmes en tenue de soirée se mirent à valser. Leurs costumes dataient du siècle dernier. Kate perçut les accords harmonieux des violons et d'un piano... La mélodie lui sembla fort ancienne. Un violent parfum de fleurs envahit la chambre et Kate découvrit que les larges baies vitrées de cette salle ouvraient sur des jardins abondamment fleuris... de roses rouges.

« Tu lis trop de livres d'histoire, imbécile ! » s'entendit-elle protester.

A nouveau, Kate se vit dans le miroir et secouant la tête, elle reprit, ironique.

« La prochaine vision sera celle d'Alexander Hamilton t'invitant à danser. »

Néanmoins, un malaise l'envahit et elle descendit rejoindre les siens au salon. La présence de ses parents et de Joey, regardant la télévision, la rassura. Le film du lundi soir eut le don de faire grincer des dents son père.

S'il y avait peu de suspense, en revanche l'on ne comptait plus le nombre de cadavres !

« Quelle aimable distraction à montrer aux jeunes avant qu'ils aillent dormir ! » grommela-t-il.

Kate n'écouta que d'une oreille. Elle sommeillait

elle-même. Après avoir dévoré un paquet de bonbons et une tablette de chocolat devant le petit écran, la jeune fille regagna sa chambre.

Kate enfila sa chemise de nuit en flanelle et se glissa dans son lit. Elle s'endormit avant même d'avoir le temps d'éteindre sa lampe de chevet.

Au milieu de la nuit, Kate se réveilla en sursaut, les mains moites et le cœur battant. Ce film stupide devait être responsable de son cauchemar. Il ne fallait pas regarder de pareilles images avant d'aller se coucher !

Néanmoins, c'était la seconde fois qu'un rêve terrifiant bouleversait son sommeil. Et puis, jamais Kate n'avait éprouvé de pareilles angoisses... Tremblante, elle s'efforça de chasser ces visions nocturnes.

Malheureusement, elle ne fit que les revivre une deuxième fois. Elle se revit en chemise de nuit, volant dans l'atmosphère, ses cheveux flottant légèrement. Son visage était pâle. Autour d'elle, résonnait une musique romantique, semblable à celle qu'elle avait cru entendre dans le miroir...

Jusque-là, rien de terrible. C'était même plutôt agréable ! Kate se sentait investie d'une mission. Oui, mais de quoi s'agissait-il au juste ?

Elle se souvint alors des pétales rouges glissant entre ses doigts. Il y en avait partout... Au-dessus, au-dessous, autour d'elle. Pour une raison inconnue, ces pétales de roses s'étaient transformés en langues de feu dévorant Kate.

Ce cauchemar lui parut si réel qu'un cri s'étrangla dans sa gorge.

Incapable de rester plus longtemps couchée,

Kate bondit hors du lit et alluma toutes les lampes de sa chambre. La peur de l'obscurité l'étreignit comme une gosse. A cet instant, elle s'immobilisa... un bruit insolite venait de se faire entendre au rez-de-chaussée. *Qui* se trouvait dans la maison... ?

Elle tendit l'oreille, et faillit éclater de rire lorsqu'elle reconnut la voix de sa mère qui grommelait.

« Je suis allée fermer la porte d'entrée, Eric. Tu oublies toujours de donner un tour de clef. »

Un coup d'œil sur sa pendule révéla à Kate qu'il n'était qu'une heure du matin. Ses parents montaient seulement se coucher. Elle poussa un petit soupir de soulagement.

Malheureusement, un coup léger frappé à sa porte la fit immédiatement sursauter. Kate s'assit sur son lit, le cœur battant.

« Kate ? souffla sa mère. Tu ne dors pas encore ? »

La porte s'entrouvrit et Mme Mayfield passa la tête.

« Je... je viens juste de me réveiller... un stupide cauchemar. »

Sa mère fronça les sourcils et entra dans la pièce.

« Tu ne veux pas boire quelque chose, ma chérie ? Tu es blanche comme un linge.

— Non, ça va ! répondit Kate, subitement irritée, en sentant la main de Mme Mayfield effleurer son front. Ce n'est rien, laisse-moi.

— Tu ne me parais pas fiévreuse, mais si demain tu n'es pas bien, je te garderai à la maison, continua sa mère en l'examinant attentivement.

— Ecoute, je te le répète : je vais bien ! Je désire seulement qu'on me fiche la paix ! »

Kate se mordit les lèvres. Comment avait-elle pu proférer de telles paroles ? Sa mère n'insista pas.

« Dans ce cas, parfait. J'éteindrai en sortant, reste tranquille.

— Heu... pas ma lampe de chevet... Je le ferai moi-même. »

Cette fois, Mme Mayfield lui décocha un coup d'œil étonné.

« Kate, te voilà bien irritable ! Enfin, je suis là si tu as le moindre souci. »

Honteuse, la jeune fille avala sa salive.

« Merci, maman. Je suis désolée de t'avoir parlé ainsi. Je ne sais pas ce qui m'a pris ! Ce cauchemar m'a vraiment effrayée.

— Je redescends. Tu sais où me trouver, ma chérie », dit sa mère après l'avoir embrassée sur le front.

Puis se dirigeant vers la porte, elle repartit.

Kate s'adossa à ses oreillers, en essayant de se détendre. Des remords l'assaillirent. Il n'était pas dans ses habitudes de se conduire ainsi avec les siens. Finalement, elle renonça à éteindre sa lampe et s'enfonça sous ses draps. Elle ne tarda pas à sombrer dans un profond sommeil. Lorsqu'elle s'éveilla à sept heures du matin, sa veilleuse brûlait encore et le soleil filtrait à travers les rideaux.

Pendant un moment, Kate demeura blottie dans son lit. C'était réconfortant d'entendre ses parents discuter dans la cuisine en buvant leur café matinal. Mais, quel horrible rêve ! Elle se hasarda à sortir une jambe de dessous les couvertures. Les cauchemars ne terrifiaient que les enfants. Quelle absurdité !

« Joey ! Kate ! Etes-vous prêts ? Il est temps de descendre pour le petit déjeuner !

— J'arrive, maman ! » cria Kate.

Les pas de Joey résonnèrent dans l'escalier. Kate s'habilla à la hâte et descendit à son tour après avoir jeté un bref coup d'œil à son miroir. Elle n'allait pas laisser ce cauchemar la hanter toute la journée. Pas plus que Tracy Van Reed. Jusqu'à présent, cette dernière se montrait sociable et dans l'avenir, Kate ne regarderait plus des films d'horreur avant de dormir.

Satisfaite de ces bonnes résolutions, elle se mit à chantonner. Elle ne remarqua absolument pas que cette chanson était fort ancienne... et qu'à vrai dire, hier encore, elle ignorait cette mélodie.

CHAPITRE 4

« Attendez d'avoir entendu la voix de *Barbra* sur le prochain disque ! C'est beau à pleurer. »

Obéissant au conseil de Tracy, ses invités se turent et gardèrent un silence presque religieux. Effectivement les échos d'un timbre clair et émouvant emplirent la pièce.

Assise sur le tapis, les jambes croisées, Kate examinait la chambre de Tracy. La pièce était aussi grande que le salon des Mayfield. Un vrai palace. Il fallait s'y attendre.

Tracy vivait dans un endroit de rêve. Sa table de travail, laquée blanc, se détachait à peine des grands murs de même couleur. Des rideaux d'un bleu profond tranchaient sur toute cette blancheur immaculée. Bien sûr, le miroir aurait été à sa place dans un tel endroit... Quoiqu'il n'eût été qu'un ornement supplémentaire.

« A quoi penses-tu, Kate ? » lui demanda soudain Tracy.

Kate sursauta.

« Hein ?

— Ne trouves-tu pas que *Barbra* est une meilleure chanteuse que *Joni* ? »

Kate oublia le miroir pour acquiescer vivement et se joindre à la conversation générale. Si Tracy avait décidé d'oublier leur différend, ne devait-elle pas en faire autant ?

Une heure plus tard, elle se retrouva dans l'autobus avec Donna. Celle-ci siffla légèrement entre ses dents.

« Fichtre, quelle maison, hein ?

— On dirait un musée, répondit Kate. Malgré tout, je la trouve déserte et un peu triste.

— Je te l'ai déjà dit, Mme Van Reed sort rarement de sa chambre. Quant à Mme Stout, leur femme de charge, elle reste le plus souvent dans son appartement au-dessus du garage.

— Eh bien, si être riche consiste à vivre ainsi, je préfère être fauchée. Pour rien au monde, je n'échangerais notre vieille baraque contre la villa des Van Reed. La nôtre est moins grande, mais plus douillette. »

Donna fit une grimace comique.

« Tu as sans doute raison. Néanmoins, je ferais bien l'essai pendant un jour ou deux. Juste pour savoir à quoi ça ressemble de vivre sans huit frères et sœurs dans les jambes !

— A mon avis, tu t'ennuierais vite.

— C'est possible, soupira Donna. Mais j'aimerais tout de même bien avoir de l'argent et pouvoir m'offrir ce dont j'ai envie ! »

Pas forcément, se dit Kate en son for intérieur. Elle était peut-être une chipie, mais elle était ravie de posséder un objet que Tracy n'avait pu obtenir.

Donna descendit à l'arrêt suivant. Quand Kate rentra chez elle, sa mère l'appela de la cuisine.

« C'est toi, Kate ? »

La jeune fille suspendit sa veste dans l'entrée et rejoignit Mme Mayfield.

« Heu... Ne t'avais-je pas prévenue que j'allais chez Tracy après les cours ?

— Bien sûr que si, mon chou. T'es-tu bien amusée ?

— Hum... Les Van Reed vivent dans une superbe villa, mais... rien chez eux ne sent aussi bon que cela », dit-elle en soulevant le couvercle du pot-au-feu.

Mme Mayfield se mit à rire.

« En attendant, c'est prêt. Va te laver les mains, et dis aux hommes de descendre dîner. »

Kate grimpa l'escalier quatre à quatre, l'esprit léger. Elle se sentait mieux depuis que Tracy se montrait humaine ! Son angoisse de la nuit dernière avait disparu.

La jeune fille se passa le visage à l'eau fraîche et se dirigea vers sa chambre pour changer de chaussures et brosser ses cheveux. Debout devant son miroir, elle entendit alors une chanson inconnue sortir de ses lèvres.

Interdite, Kate s'arrêta de fredonner et demeura immobile. Grand dieu ! Où avait-elle entendu cet air ? Peut-être chez Tracy ? Non. En y réfléchissant bien, elle l'avait déjà en tête ce matin.

De nouveau, la jeune fille siffIota la mélodie et y trouva une vague ressemblance avec ces vieilles chansons égrenées par les boîtes à musique. Tout à coup, la voix de sa mère résonna dans l'escalier.

« Mais enfin, que fais-tu donc, Kate ? Tout le monde t'attend !

— Oh, la ferme, espèce d'enquiquineuse ! Sinon je vais empoisonner ton pot-au-feu ! » s'entendit-elle murmurer rageusement.

Kate pivota sur ses talons, posa sa brosse sur son bureau et rougit violemment. Etait-ce bien elle qui venait de proférer de telles injures à l'égard de sa mère ? Pour quelle raison, cette brusque colère ? La honte l'envahit... et lorsqu'elle entra dans la cuisine, un large sourire témoignait de sa bonne humeur retrouvée.

« Alors, monsieur Joey, comment s'est passé l'entraînement au football ? lança-t-elle, pour taquiner son frère. Tu deviens un champion ? »

Joey leva sur elle son visage parsemé de taches de son et rétorqua du tac au tac :

« On perd moins de temps à taper dans un ballon qu'à écouter des disques. »

Kate prit place à table et interrogea son frère.

« Au fait, comment sais-tu où j'étais ? »

La bouche à demi pleine, le gamin riposta.

« Bah... j'ai entendu maman dire à papa combien c'était *merveilleux* que tu sois copine avec la fille du directeur.

— Joey ! rectifia Mme Mayfield. J'ai seulement

confié à ton père que Tracy et Kate semblaient s'entendre un peu mieux.

— Malgré tout, ça m'étonnerait que Tracy devienne ma meilleure amie ! déclara la jeune fille sur la défensive.

— Ne t'ai-je pas déjà dit que je ne voulais pas que tu te sentes obligée de la fréquenter ? intervint M. Mayfield. Néanmoins, je me réjouis d'une bonne entente entre vous. »

Pressée de changer de sujet, sa mère lança, gaiement :

« Aucune importance. Kate, ce matin, en ville, j'ai aperçu de ravissants tricots.

— Vraiment ? Je verrai cela quand j'aurai un peu plus d'argent, maman.

— Si tu continues à acheter de vieux miroirs à cinquante dollars pièce, tu n'auras bientôt même plus assez d'argent pour aller au cinéma ! » lança Joey, fier de montrer son sens des économies.

Kate se mordit la lèvre. Derechef, une rage irraisonnée l'envahit. Pour un peu, elle eût avec plaisir giflé son jeune frère. L'innocente taquinerie de Joey méritait-elle une telle violence ? Décidément, depuis quelque temps, la jeune fille éprouvait d'étranges et absurdes colères. Se tournant vers sa mère, elle se justifia d'une voix tremblante.

« J'ai rarement acheté quelque chose d'aussi cher... Tu le sais, maman ! Mais, cette fois, pour le miroir, c'était... différent ! »

Mme Mayfield la contempla affectueusement et, avec un large sourire, répliqua d'un ton apaisant :

« Tu n'as nul besoin de te chercher des excuses,

ma chérie. Cela arrive à tout le monde d'avoir un coup de foudre pour un objet. Dès l'instant que tu ne prends pas l'habitude de céder à tous tes caprices, je ne vois pas le problème. »

D'un seul coup, la fureur de Kate s'évanouit. Elle gratifia son frère d'une grimace moqueuse.

« Tu as entendu ? »

Joey ne pipa mot et piqua du nez dans son assiette.

Après le dîner, Kate les pria de bien vouloir l'excuser, mais elle avait des devoirs à finir. Sa chambre lui parut plus belle que jamais. Eût-elle dormi dans une suite de *Buckingham Palace* que la jeune fille n'eût pas été plus satisfaite. Sa mère l'avait autorisée à placer, devant son miroir, une petite table qui se trouvait dans la chambre d'amis, et l'effet était ravissant.

« Le boudoir de Madame... murmura-t-elle, amusée. L'endroit idéal pour résoudre les problèmes de maths ! »

Cette perspective était moins plaisante et Kate fit la moue en ouvrant son livre.

Deux heures plus tard, la jeune fille poussa un soupir de soulagement en reposant son stylo. Elle avait trouvé toutes les solutions.

Son dos était un peu douloureux parce qu'elle était restée trop longtemps penchée sur sa table et, comme elle mourait de soif, Kate descendit boire un Coca-Cola avec ses parents avant de remonter dans ses appartements.

Un bon bain chaud la détendrait. Elle prit sa chemise de nuit et sa robe de chambre et se dirigea vers la salle de bain. La baignoire fut remplie d'eau tiède et parfumée à la lavande et lorsque Kate en sortit, ses courbatures avaient disparu.

Elle bâilla à s'en décrocher la mâchoire. Le sommeil ne tarderait sûrement pas à la terrasser ! Auparavant, il lui fallait brosser ses cheveux, au moins cinquante coups de brosse comme le conseillaient les magazines de beauté. Et puis, trouver aussi le courage et le temps de se masser légèrement le cuir chevelu ! Devant son miroir, Kate songea ques les maths allaient lui demander vraiment beaucoup d'efforts cette année... Ses yeux papillotèrent et le papier imprimé des murs devint flou... La fatigue, évidemment !

Elle se ressaisit, mais un voile noir obscurcit sa vision. Sa vue était décidément fatiguée. La jeune fille plissa les yeux puis les écarquilla de nouveau. Etait-ce une illusion d'optique ? Le miroir lui renvoya brusquement le reflet d'un visage sombre derrière elle. Kate se retourna vivement. Personne. Derechef, elle se vit dans le miroir et éclata de rire. Décidément, ses devoirs lui avaient dérangé la cervelle ! Comment ce bon vieux miroir lui renverrait-il le portrait d'un étranger ? Il ne pouvait que refléter les traits de cette brave Kate Mayfield.

« Tu es vraiment une drôle de fille ! » se dit-elle.

A vrai dire, Kate n'avait pas besoin de se justifier à ses propres yeux. Evidemment, si quelqu'un avait été témoin de ses hallucinations, il l'aurait traitée de dingue !

« Allons, encore vingt coups de brosse et au lit », décida-t-elle. Sa tête était vide, ses jambes, en coton. A se raconter des histoires, elle allait finir par se faire peur.

« Rose... Rose rouge... Rouge comme la colère », s'entendit-elle chantonner d'une toute petite voix.

Tout d'abord, les mots n'eurent aucune signification et Kate les répéta, un étrange sourire sur les lèvres.

Puis, comprenant brusquement le sens de ses paroles, la jeune fille demeura interdite. Qu'est-ce qui lui prenait de chantonner de pareilles idioties ? Elle traversa la chambre, et se jetant sur son lit, heurta le montant de cuivre ; elle perdit connaissance.

La barre lui meurtrissait le dos depuis un bon moment lorsque Kate revint à elle. Que lui était-il donc arrivé ? Pourquoi s'était-elle laissée tomber sur son lit ? Que se passait-il ?

Kate se redressa. Son cœur battait la chamade. Elle jeta un regard effrayé autour d'elle. Que signifiaient ces cauchemars et ces mots dénués de sens ?

Eprouvant le besoin impératif de sortir de sa chambre, Kate se leva et descendit l'escalier, pieds nus, avec le secret espoir que la télévision lui remettrait les idées en place.

Ses parents écoutaient le dernier journal lorsqu'elle vint les rejoindre dans le living.

« Kate ! s'écria sa mère. Je pensais que tu dormais depuis longtemps. Tu es souffrante, ma chérie ?

— Je... »

Sa phrase demeura en suspens. Comment pouvait-elle leur expliquer qu'une absurde mélodie l'avait effrayée ? Ils risquaient de la prendre pour une folle. Debout au milieu de la pièce, Kate les regarda, assis sur le canapé, l'un à côté de l'autre, enviant leur sérénité.

Mais, comme ils attendaient une réponse, elle bredouilla lamentablement.

« Heu... J'ai seulement pensé que j'aimerais bien boire une tasse de thé avec vous...

— Qu'as-tu fait jusqu'à maintenant ? » demanda son père.

Une petite ride de désapprobation barrait le front de M. Mayfield. De toute évidence, il n'appréciait guère cette irruption à une heure aussi tardive.

« J'ai terminé mon devoir de maths... J'ai bien cru que je n'y arriverais jamais.

— Bon, va chercher ton thé, assieds-toi et regarde avec nous la fin des nouvelles, déclara sa mère, conciliante.

— Merci, maman. »

En entrant dans la cuisine, Kate s'interrogea à nouveau sur les raisons de sa frayeur. C'était grotesque. En mettant la bouilloire sur le feu, la jeune fille se morigéna. Que d'histoires pour une malheureuse chansonnette sans doute entendue à la radio ou ailleurs ! Elle avait déjà dû la fredonner sans même y prêter attention.

Après avoir bu son bol de thé avec ses parents, Kate leur souhaita une bonne nuit et remonta dans sa chambre. Toute trace de peur avait disparu, car à seize ans, on n'est plus un enfant.

Kate jeta un coup d'œil circulaire sur les murs, puis se glissa dans son lit, remonta la couverture jusqu'au menton et éteignit la lumière.

Cette fois, elle avait de nouveau terriblement

sommeil. Un tel bien-être l'envahit que la jeune fille eut du mal à s'imaginer avoir eu si peur !

Mais à l'instant même où elle allait s'endormir elle eut de nouveau la certitude qu'on l'observait. Quelqu'un se trouvait dans sa chambre. Une présence invisible ? Il fallait vérifier... Kate allongea la main pour rallumer sa lampe de chevet puis y renonça. Tout cela devenait ridicule. Bien sûr qu'elle était seule !

Enfonçant sa tête dans l'oreiller, Kate ne tarda pas à sombrer dans un sommeil profond.

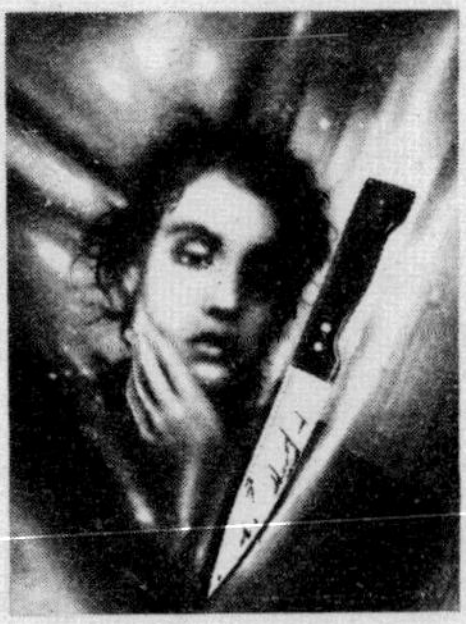

CHAPITRE 5

Deux semaines plus tard Mme Mayfield remarqua les profonds changements survenus chez sa fille.

« Qu'est-ce qui te tourmente, Kate ? lui demanda-t-elle, un matin.

— Je ne sais pas de quoi tu parles », riposta aigrement Kate, sur la défensive.

De toute évidence la jeune fille cachait quelque chose.

« La trêve avec Tracy est-elle rompue ? insista sa mère.

— Mais, maman, nous ne nous sommes jamais déclaré vraiment la guerre. Tracy s'est montrée un peu froide au début, parce que j'étais nouvelle. Maintenant, tout va bien. »

Irritée, Kate passa ses doigts dans ses cheveux.

Elle n'avait pas besoin du miroir pour se rendre compte de sa mine hagarde et de ses traits tirés. Cette fois, aucun régime n'avait été nécessaire pour lui faire perdre cinq kilos en moins de quinze jours !

Jamais, Kate ne s'était sentie aussi fatiguée. Sans doute aurait-elle dû parler à sa mère de ses cauchemars. Mais, qui pouvait l'en soulager ? Personne n'avait jamais réussi à programmer les nuits d'autrui et encore moins à les débarrasser de leurs mauvais rêves. Tout ce qu'elle pouvait espérer, c'était d'oublier dans la journée les images qui défilaient durant son sommeil. Pourtant, Kate prenait la précaution de ne plus regarder les informations à la télévision, ni les films policiers ou de science-fiction.

Toutefois, rien n'y faisait. Quelle en était la raison ? Etait-ce à cause de leur nouvelle existence ? Le lycée, l'entourage, la ville ? Peut-être les problèmes d'algèbre ? Ou encore, cette fragile camaraderie avec Tracy ? Kate était surtout désespérée par la perspective de faire de tels cauchemars jusqu'à la fin de ses jours.

Au fil des nuits, ces visions empiraient. D'autre part, dans la journée, la jeune fille éprouvait d'étranges sentiments et une violence presque continuelle s'emparait d'elle. N'ayant jamais été d'un tempérament coléreux, Kate se surprenait à jeter rageusement ses livres par terre ou à littéralement aboyer contre les siens au moindre désaccord. Mais, plus effrayantes encore étaient ses pensées. Alors qu'elle adorait cette vieille maison, il lui arrivait parfois de souhaiter la voir en flammes !

Ces impulsions soudaines, violentes, irrationnelles devenaient de plus en plus fréquentes. Kate ne se reconnaissait plus. Ces pensées malsaines et absurdes l'obsédaient, la hantaient. Etait-ce une face cachée de son caractère qui se révélait tout à coup ? Etait-elle en train de devenir folle ? Si ces sentiments horribles faisaient partie de sa nouvelle personnalité, pourquoi en éprouvait-elle de tels remords après coup ?

Il y avait deux Kate !

Jetant un bref coup d'œil à sa mère, la jeune fille conclut rapidement.

« Je ferais mieux de m'en aller, maintenant. Donna doit se demander où je suis passée. »

Sa mère la regarda pensivement mais ne dit rien.

Au coin de la rue, Kate aperçut le tricot rouge et noir de son amie et ses cheveux roux. Une onde de tendresse l'envahit et elle en fut réconfortée.

Comme Kate la rejoignait, Donna s'exclama :

« Tu en fais une tête ! Est-ce à cause de ton déguisement pour la boum ?

— La boum ? répéta Kate.

— Oui, la boum ! B.O.U.M. Dois-je ajouter qu'il s'agit de la surprise-partie déguisée que Tracy donne ce week-end ?

— Bon, ça va. Je n'ai pas oublié. Si tu veux tout savoir, maman a presque terminé mon costume. Elle me suggère de laisser tomber le heaume en faveur d'une capuche afin que je me déguise plutôt en pèlerin.

— Ce n'est pas une mauvaise idée », opina Donna.

Après avoir marché un instant en silence, Donna reprit :

« Tu ne me demandes pas ce que je vais porter ?

— Si. A moins que ce ne soit un secret.

— Du tout. Je vais être un ange », déclara Donna avec une horrible grimace.

Kate ne put s'empêcher de rire.

« Tu as trouvé un déguisement derrière lequel personne n'a la moindre chance de te reconnaître ! » ironisa-t-elle.

Puis, craignant d'avoir blessé son amie, elle ajouta gentiment.

« Tu peux me le décrire ? »

Donna se mit à gesticuler.

« Maman me file une de ses vieilles chemises de nuit en mousseline blanche. Quant à papa, il va me tailler une auréole en cuivre. Je m'occupe des ailes. Attends un peu, tu verras que ce sera fantastique !

— J'en suis sûre, Donna. Peut-être même auras-tu le premier prix pour le plus beau déguisement de la soirée. »

Les deux jeunes filles arrivèrent au lycée. Kate se sentait presque détendue. Cette soirée du vendredi chez les Van Reed méritait que l'on fasse des projets. Si cet après-midi, le cours ne lui réservait aucune mauvaise surprise, Kate retrouverait certainement sa bonne forme.

Le jour s'écoula sans encombre. Et, comme pour lui prouver qu'il s'était levé sous d'heureux auspices, le soir sa mère lui dit :

« Aimerais-tu te rendre à Boston le week-end prochain ? »

Dans la voix de Mme Mayfield perçait un amusement non déguisé. Elle savait bien sûr que c'était là le rêve secret de sa fille.

« Les deux jours entiers ? »

Sa mère acquiesça joyeusement.

« Ta grand-mère paternelle nous invite à venir la voir. »

Le visage de Kate s'illumina. Peut-être un peu de vacances était tout ce dont elle avait besoin ?

Joey se montra aussi excité que sa sœur par cette perspective et le dîner se déroula gaiement.

Maintenant, il restait à savoir si la nuit serait aussi agréable !

Il était trois heures du matin lorsque Kate s'éveilla en sursaut, le cœur battant, inondée de sueur et terrorisée. Après un coup d'œil sur sa montre, la jeune fille comprit qu'elle n'arriverait jamais à se rendormir.

Maintenant, dans chaque cauchemar, Kate voyait des fantômes hanter son sommeil. Elle ne savait jamais quand cela commençait, mais la situation se répétait inéxorablement. Seul, le visage de ses interlocuteurs nocturnes demeurait encore inconnu... Impossible de s'en souvenir.

Le scénario de son rêve était toujours le même. Vêtue de sa longue chemise de nuit, Kate flottait dans l'air tandis que des pétales de roses rouges tombaient de toutes parts. Puis, brusquement, elle se transformait en une sorte de furie dont les yeux lançaient des éclairs. Une folle colère l'inondait et, perdant tout contrôle, cette nouvelle Kate se ruait sur tous ceux qui lui tenaient tête... avec l'intention évidente de les exterminer.

Qui étaient-ils... ?

Dans chaque cauchemar, Kate se retrouvait aussi virulente que du feu. Lorsqu'elle s'éveillait en sursaut, elle avait encore sur les lèvres les paroles de cette étrange chanson.

« Des roses rouges... Rouges comme ma colère... »

Miséricorde. Que signifiaient donc ces mots et contre qui devait-elle se battre, nuit après nuit ? Ces crises de rage l'épuisaient et remplissaient d'horreur la vraie Kate.

Un jour, la jeune fille avait demandé à Donna si elle connaissait cette chanson. Son amie avait hoché la tête.

« Même des punks inventeraient des paroles moins stupides ! » avait-elle rétorqué avec une grimace.

Kate devait-elle en déduire qu'elle était elle-même stupide ? Après tout, ces élucubrations émanaient bel et bien de son cerveau. Peut-être était-elle psychiquement malade ?

La jeune fille décida d'attendre encore une semaine avant de se confier à quelqu'un. Il lui fallait impérativement raconter ses cauchemars. Les affronter seule deviendrait bientôt impossible. D'autre part, son humeur violente risquait d'empirer. Avant de se rendre chez sa grand-mère, il faudrait envisager une solution, sinon Kate ne tarderait pas à perdre la raison.

De surcroît, dans quelques jours, l'examen de maths serait passé et elle se détendrait un peu. En toute franchise, Kate devait reconnaître avoir travaillé dur.

La veille de cet examen et de la soirée de Tracy, Kate se rendit compte brusquement qu'elle était plus irritable que jamais. Des idées bizarres et des pensées absurdes lui trottaient dans la tête. La jeune fille éprouvait la désagréable et impuissante impression d'être vraiment... quelqu'un d'autre.

M. et Mme Mayfield étaient partis assister à une réunion de parents d'élèves. Dans la cuisine, Kate avalait distraitement un reste de poulet froid tandis que son frère commençait à desservir la table. Il tournait comme une mouche en jacassant continuellement.

La jeune fille commença à s'énerver. Joey était pourtant semblable à lui-même. Il n'y avait aucune raison pour que Kate éprouvât soudain cette impatience.

« Papa t'a-t-il dit que je pourrais peut-être avoir un chien, maintenant que nous ne voyageons plus ? » lança-t-il.

Sans doute, le jeune garçon n'attendait pas trop une réponse, car il acheva de porter les assiettes dans l'évier et continua, satisfait.

« J'aimerais bien avoir un chien-loup ou un setter. A moins que je ne choisisse un chien esquimau ! J'ai un copain à l'école qui en a un. Il est vraiment super ! »

Une assiette dérapa et Joey la rattrapa juste à temps.

« Ce sont des chiens coriaces ! » reprit-il.

Kate leva vers son frère un visage indifférent.

« Pourquoi ne prendrais-tu pas un corniaud ? Au moins, tu lui éviterais la fourrière. Il y a tellement de gentilles bêtes abandonnées.

— Ecoute, tête de piaf, tout ce que je veux, c'est un chien. Alors, pourquoi ne pas choisir celui qui me plaît ?

— Oui, mais tant qu'à faire, adopte un chien perdu. Ainsi, il ne te coûtera rien !

— Peut-être. De toute façon, comme papa n'a pas encore dit oui, j'ai le temps de me décider. En attendant, si on faisait une partie de Monopoly quand tu auras fini ?

— Quand j'aurai fini quoi ?

— Eh bien... la vaisselle. »

Kate lorgna la pile d'assiettes dans l'évier.

« Dis donc, tu n'as pas l'intention de m'aider ?

— J'ai débarrassé la table, protesta le gamin. Et puis, d'ailleurs, il n'y a rien de difficile à laver.

— Et le plat du poulet, alors ? Il est gras à souhait ! Et ces casseroles, hein ? »

Joey haussa les épaules, parfaitement fataliste et sûr de son bon droit.

« Quoi encore ? grommela-t-il. Maman m'a demandé de nettoyer la table, je l'ai fait. Quand tu seras prête à jouer au Monopoly, viens me rejoindre dans le living. »

Kate éprouva une colère froide.

« N'y compte pas ! siffla-t-elle.

— Allons, viens ! Une seule partie, ce n'est pas le diable ! »

En frémissant, la jeune fille se dirigea vers l'évier. La vaisselle fut lavée en un tour de main.

« Tu exagères, tu sais ? gronda-t-elle. Pour qui me prends-tu ? Tu me traites de tête de piaf, tu refuses de partager les corvées et tu t'imagines que je vais perdre mon temps à te regarder acheter des immeubles ? Laisse-moi souffler, veux-tu ?

— Très bien ! Ne joue pas, espèce de rabat-joie ! Mais, comme je n'ai rien à faire, peut-être irai-je savonner ton précieux miroir devant lequel tu passes la moitié de ta vie ! »

Un flot de colère inonda Kate. Pivotant sur ses talons, elle sentit tout à coup son corps se raidir.

« Essaie, et tu verras. Sale enquiquineur !

— Pourquoi pas ? lança-t-il, sarcastique. Peut-être que si tu ne t'admirais pas si souvent, tu cesserais de te prendre pour le nombril du monde. Peut-être aussi te rendrais-je un fier service en le flanquant dans la cave ou mieux encore, en le brûlant. »

Le ventre de Kate se crispa.

« Si tu touches à mon miroir, tu ne tarderas pas à le regretter, dit-elle d'une voix rauque.

— Ah ouais ? Je me demande bien comment tu t'y prendrais ?

— Ne t'inquiète pas, sale gosse. Je sais très bien quoi te faire. Ne me pousse pas à bout, c'est un conseil. »

Un sourire indécis et étonné écarta les lèvres de Joey. Battant brusquement en retraite, il protesta.

« Hé, Kate, arrête de faire cette tête. Pourquoi es-tu ainsi ? Après tout, ce n'est qu'un stupide miroir !

— Comment oses-tu parler de cette façon ? Je t'interdis de dire ça ! » siffla-t-elle en s'avançant lentement vers lui.

Un voile rouge passa devant les yeux de Kate. Ses mains tremblaient et instinctivement, elle chercha un objet pour frapper son frère. Son sang charriait du feu et elle se sentait comme un volcan en éruption. Ses nerfs étaient tendus, prêts à craquer...

Joey fit un pas en arrière.

« Kate. Cesse de me regarder ainsi ! Ce n'était qu'une plaisanterie, je te jure ! gémit-il. Tu vas me faire mal ! Je t'en prie, Kate ! »

A cet instant la sonnerie du téléphone retentit. Joey s'esquiva pour répondre.

« C'était un faux numéro », déclara-t-il en raccrochant.

Puis, restant prudemment sur le seuil de la porte, il ajouta :

« Ecoute... Je suis à côté si tu veux jouer. Mais, si tu n'en as pas envie, ça n'a pas d'importance. »

Lorsqu'il disparut, Kate demeura pétrifiée et horrifiée. Ses mains étaient retombées le long de son corps et elle les regarda, incrédule. Comment avait-elle pu ressentir tant de haine pour son petit frère ? Elle l'aimait. Et... il y a un instant à peine, la jeune fille avait souhaité le faire disparaître ! Impuissante devant cette horrible colère qui l'avait métamorphosée en bête féroce, Kate se laissa tomber sur une chaise.

Elle cacha son visage dans ses mains. L'expression terrorisée de Joey lui revint en mémoire. Mais, à cet instant, Kate était encore plus effrayée que le gamin. *Qui* était-elle dans ces moments de délire ? Quel démon s'emparait de ses pensées ?

Pourtant, il n'y avait personne d'autre ici que Kate Mayfield. Et si quelqu'un avait blessé Joey, elle aurait été la responsable...

Il faisait chaud dans la cuisine et cependant Kate frissonna.

Au lycée, la jeune fille avait connu des adolescents au comportement agressif. Ils se battaient, ils perdaient tout contrôle et se conduisaient momentanément comme des fauves. Mais, jamais Kate Mayfield n'avait pensé leur ressembler un jour.

Qui, dans le monde, avait le pouvoir de lui faire perdre la raison ? Que lui était-il arrivé ? Pourquoi se métamorphosait-elle depuis quelque temps... ? Elle se sentit plus perdue que jamais. Désormais, les problèmes d'algèbre et ses relations avec Tracy paraissaient vraiment mineurs à côté de ces colères meurtrières. Quand se déciderait-elle à admettre qu'un facteur nouveau intervenait dans sa petite existence tranquille ? Oui... mais lequel ?

Profondément malheureuse, Kate se leva pour finir de ranger la vaisselle, n'osant plus penser aux conséquences de sa fureur. Elle avait frôlé le drame.

Quand elle eut achevé de mettre de l'ordre dans la cuisine, elle se dirigea vers le living-room.

Joey regardait la télévision. A la vue de sa sœur entrant dans la pièce, il se leva instinctivement et contourna le canapé. Les lèvres tremblantes du gamin et son regard inquiet indiquaient clairement qu'il n'était pas trop rassuré sur les intentions de son aînée.

Kate sentit sa gorge se nouer.

« Tu sais, dit-elle légèrement, je voulais juste te taquiner. A vrai dire, je n'avais pas très envie de jouer au Monopoly.

— Pas très envie ? » répéta-t-il, prudent.

Kate s'assit sur le divan et Joey vint l'y rejoindre sans enthousiasme.

« C'est parce que tu gagnes toujours, reprit-elle. Mais, j'adorerais faire une partie. »

Cette fois, le visage de Joey s'éclaira et il bondit vers la table pour préparer le jeu.

« Pour ne rien te cacher, avoua-t-il, j'ai vraiment cru que tu ne jouerais plus jamais avec moi.

— C'était pour rire... Je... Je ne t'ai pas fait peur, j'espère ? »

Une ombre passa sur les traits enfantins du jeune garçon. Et, quoique furieux d'avouer qu'il était moins brave qu'il n'en avait l'air, il murmura lentement :

« Eh bien... pendant une minute, j'ai vraiment pensé que tu voulais me tordre le cou. »

Bouleversée, Kate déglutit sa salive. S'efforçant de rire, elle lança, désinvolte :

« Je n'imaginais pas avoir été une aussi bonne comédienne ! »

Jusqu'au retour de leurs parents, la jeune fille parvint à conserver sa bonne humeur. Mais chaque fois que ses yeux effleuraient le visage de son frère, des remords l'assaillaient. La partie s'acheva et Joey ramassa les billets éparpillés devant lui. Il en aurait sûrement recommencé une autre. Kate entendit le pas de sa mère et son père cria :

« Salut ! Nous sommes de retour !

— Tu as gagné, déclara Kate. Ecoute, j'aimerais bien me coucher de bonne heure.

— Mais, il n'est que neuf heures et demie ! souligna Joey.

— Je sais, mais j'ai sommeil. Et puis, souviens-toi, je ne t'ai promis qu'une seule partie. »

Joey allait ouvrir la bouche pour protester, mais prudemment il n'ajouta rien. Kate en fut malade. De toute évidence, la réminiscence de ce qui s'était passé entre eux incitait son frère à la prudence. Il n'était pas près d'oublier sa violente réaction.

Après avoir bavardé quelques minutes avec sa mère, Kate se prépara un bol de lait chaud et se retira dans sa chambre.

Elle prit un bain et avala deux cachets d'aspirine dans l'espoir de passer une nuit plus paisible.

Pour la première fois, en effet, les roses rouges, la chanson désuète et les langues de feu ne vinrent pas hanter son sommeil. Mais, lorsque Kate se leva le lendemain matin, le brusque souvenir d'un autre songe la pétrifia...

Il concernait Joey. Dans une rage démentielle... Kate frappait et frappait et frappait encore son frère. Sa fureur ne s'était évanouie que lorsque le jeune garçon était tombé, inanimé, sur le sol.

Hébétée, Kate s'interrogea. Le moindre geste de colère envers une personne cachait-il l'espoir secret de l'anéantir ? Sûrement. Mais... d'où lui venait soudain cet horrible défaut ? Les pensées mauvaises émettaient-elles des ondes négatives et pouvait-on en hériter à son insu ?

Mais, ces ondes se trouvaient-elles dans la maison ? Et enfin, pourquoi... ?

SECONDE PARTIE

TRACY

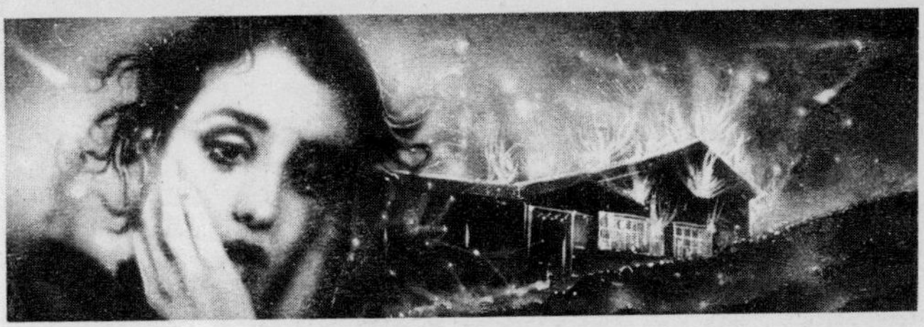

CHAPITRE 6

« Wouah ! Quelles illuminations ! On se croirait à Noël ! » s'exclama Kate, tandis que la voiture de ses parents remontait l'allée conduisant à la villa des Van Reed.

Leurs hôtes avaient grandement fait les choses pour cette fête d'Halloween que les Américains célèbrent avec tant d'ardeur. La date du 1er novembre donne toujours lieu à des réjouissances variées, mais se déguiser est la principale coutume.

« Je te l'avais bien dit que les Van Reed ne lésineraient pas pour la boum de Tracy », renchérit Donna.

Et, comme l'auto s'arrêtait devant l'impressionnant perron, la jeune fille ajouta, un peu craintive :

« Tu es sûre que mon costume n'est pas trop moche, Kate ? »

Kate se retourna affectueusement vers son amie.

« Tu es magnifique, Donna. Tes ailes d'argent sont superbes et Tom Turner ne te résistera pas !

— Oh, toi, ça va ! »

Il faisait trop sombre pour que Kate puisse voir l'expression de son amie. Mais, elle l'aurait juré, Donna avait certainement piqué un fard !

« Tu viens nous rechercher à minuit et demi, papa ? » demanda-t-elle à son père.

M. Mayfield leur ouvrit la portière.

« Etes-vous sûres de pouvoir rester aussi tard ? Tu as l'air fatigué, Kate.

— Quand j'aurai mangé un peu, cela ira mieux, le rassura-t-elle. D'ailleurs, maintenant que l'épreuve de maths est passée et que je pense l'avoir réussie, je me sens prête à veiller toute la nuit. »

Sautant d'un pied sur l'autre et surtout impatiente de se rendre à la fête, Donna renchérit.

« De toute façon, monsieur Mayfield, on ne peut jamais quitter une soirée d'Halloween avant minuit ! C'est l'heure des sorcières. »

Aveuglé par les phares d'une voiture venant se ranger derrière la sienne, M. Mayfield grommela avec un sourire amusé.

« Bon, je ferais mieux de m'en aller. Amusez-vous bien et ne laissez pas les lutins vous dévorer avant mon retour. »

Lorsqu'il eut disparu, Donna serra nerveusement le bras de Kate.

« Tu es *sûre* que l'on ne voit pas trop que c'est moi qui ai fait mon costume ?

— Ne sois pas si inquiète ! Si un costume est fait de bric et de broc, c'est plutôt le mien. Regarde les boucles de mes chaussures de pèlerin, elles sont en papier d'aluminium. »

Kate prit son amie par les épaules et conclut, rassurante.

« Oublie l'opinion des autres et profite de la soirée.

— Je ferai de mon mieux », promit Donna en réajustant une dernière fois son auréole et ses ailes.

Une femme élégante, au regard las, leur ouvrit la porte. Un sourire forcé se peignit sur son visage pâle.

« Entrez, les filles, murmura-t-elle d'une voix fatiguée. Tracy sera ravie de vous voir. »

Il ne fallut pas longtemps à Kate pour deviner qu'il s'agissait de Mme Van Reed. D'ailleurs, Tracy lui ressemblait. Elle les précéda dans le grand salon dont les fenêtres étaient ouvertes sur les parterres. Une trentaine de jeunes gens se pressaient autour du buffet campagnard, une assiette de carton à la main. Donna chuchota à l'oreille de Kate.

« Un vrai petit rayon de soleil, non ?

— Elle ne regarde même pas si on la suit et ne sait pas davantage qui nous sommes.

— Je ne crois pas qu'elle s'intéresse aux amies de sa fille ! Bon, oublions-la et allons chercher quelque chose à manger. Je meurs de faim. »

Contrairement à son épouse, Dexter Van Reed semblait prendre le temps de vivre. Vêtu d'un costume de chef cuisinier, il s'affairait dans le jardin, devant un barbecue, tout en donnant aux invités de sa fille des conseils sur l'art de faire cuire des côtelettes. Toutefois, sa gaieté et sa jovialité sonnaient faux. Kate eut l'impression que lui aussi se forçait à rire.

Comme les deux jeunes filles s'apprêtaient à s'installer sous un érable, leur assiette à la main, quelqu'un les héla. Donna se retourna et leva son verre en retour.

« Salut, Ginger ! cria-t-elle à l'une de leurs camarades déguisée en infirmière.

— As-tu vu Tracy ? s'enquit Kate. Je me demande ce qu'elle fabrique.

— Quoi qu'il en soit, elle va nous couvrir de honte. Elle portera certainement le plus beau costume.

— Regarde ! N'est-ce pas Tom Turner, en pirate ? »

Donna fit la moue, mais ses yeux pétillèrent.

— Mmmm... », acquiesça-t-elle.

Sur une estrade, les musiciens començaient à accorder leurs instruments. Le groupe, assez connu, s'appelait le *Salem Witch Hunt.*

« Tiens, voilà Jill ! lança Donna en la désignant du doigt.

— Où çà ?

— Derrière le groupe rock. Elle porte des pantalons bouffants et un corsage bain de soleil. Elle doit être gelée ! »

Kate éclata de rire, et se dévissa le cou à regarder dans tous les sens.

« Mais enfin ! explosa-t-elle. Où est donc Tracy ? Ne me dis pas qu'elle va manquer sa propre boum ?

— Décidément, tu ne la connais pas. Tracy va attendre que tous les invités soient là pour faire son entrée. Je suis la seule à t'avoir affirmé que c'était une fille bien. Je ne me rétracte pas. Mais si la chance lui est donnée de jouer les vedettes, elle ne passera pas à côté, crois-moi ! Tu aurais dû la voir dans sa boum de l'an dernier. »

A cet instant, l'orchestre annonça qu'il était prêt à jouer. Les spots s'allumèrent et tous les yeux se tournèrent vers les musiciens. Les applaudissements éclatèrent et... aussi simplement que s'ils lui étaient destinés, Tracy fit enfin son apparition. Elle monta sur l'estrade et s'emparant du micro, souhaita la bienvenue à ses invités.

« Tu vois ce que je veux dire ? gloussa Donna. La Reine d'Angleterre n'aurait pas fait mieux. »

Kate écarquilla les yeux. Tracy était déguisée en sorcière. Mais quelle sorcière !

Elle arborait une tunique noire aux manches d'une largeur impressionnante. Mais la jupe était si courte que jamais la mère de Kate ne l'eût autorisée à sortir, ainsi vêtue !

Son maquillage aussi attirait les regards. Une épaisse couche de fond de teint blanc couvrait son visage. Ses yeux étaient entourés d'un trait de khôl noir et un rouge à lèvres écarlate tranchait sur cette figure pâle et fantomatique. Sur ses cheveux blonds, un chapeau pointu de sorcière tremblait dans un équilibre précaire et un chat de peluche noire ornait son épaule gauche.

Kate émit un léger sifflement entre ses dents.

« Fichtre ! murmura-t-elle à Donna. C'est un vrai costume de professionnelle. A côté, le mien semble complètement démodé ! «

Donna n'eut pas l'air d'entendre. Elle était bien

trop occupée à sourire à Tom Turner qui, après les avoir aperçues, se dirigeait vers elles.

« Je t'avais bien dit que nous ne pourrions pas rivaliser avec Tracy... Oh, Kate, si Tom m'invite à danser, tu ne m'en voudras pas si je t'abandonne ? »

Kate eut un sourire amusé.

« Bien sûr que non, Donna. Je suis une grande fille et je n'ai pas besoin de toi pour me débrouiller. »

Néanmoins, quand Kate vit Donna et Tom s'éloigner ensemble vers la piste, elle ne sut vraiment plus à qui parler. La jeune fille n'avait guère prévu de rester là, à déguster sa coupe de fruits en laissant la brise jouer dans ses cheveux.

Kate n'avait pourtant pas à se plaindre, les choses s'arrangeaient. D'abord, l'examen de maths était passé. La famille s'était enfin stabilisée dans une ville. Peut-être, elle-même allait-elle retrouver un certain équilibre... redevenir normale ? Kate secoua la tête. Que signifiait vraiment la *normalité* ? Dans l'immédiat, vivant à Shelter Cove où tout le monde se connaissait, il lui faudrait un peu de temps pour se faire adopter de chacun.

L'année prochaine, ce serait différent. Kate Mayfield ne serait plus une *nouvelle*. Elle saurait susurrer avec désinvolture : « Je me demande dans quel costume exotique Tracy Van Reed va nous apparaître ! »

« Un penny pour connaître tes pensées, petite fille ! » gronda soudain une voix basse.

Kate sursauta et se mit à rire nerveusement.

« Tracy, tu m'as fait peur ! Cela dit, ta voix

d'outre-tombe ne convient pas à ton déguisement génial ! »

Sous son épais maquillage blanc, Tracy parut satisfaite.

« Je comptais me travestir en Cléopâtre lorsque j'ai découvert cette tenue qui m'a fait tout oublier. Peut-être suis-je née pour être une sorcière ?

— Ne sois pas stupide, Tracy ! » riposta Kate, légèrement.

Néanmoins, le souvenir de Tracy dans la boutique de M. Jenkins lui revint en mémoire. Ce jour-là, la jeune fille n'avait pas eu besoin de ces oripeaux pour ressembler à une sorcière.

Tracy attira une chaise et s'assit à côté de Kate. Le plus sérieusement du monde, elle continua :

« N'es-tu pas attirée par les sorcières et les magiciens ? Moi, je suis fascinée par les gens qui font de la magie noire. »

Kate haussa les épaules.

« D'après ce que j'ai lu sur les sorcières de Salem, bon nombre d'entre elles n'avaient rien à se reprocher.

— Comment peux-tu te montrer aussi peu romantique ? protesta Tracy d'une voix aiguë. N'as-tu donc jamais frissonné devant quelque fait inexplicable ? Ou bien n'as-tu jamais aperçu le diable dans la nuit noire ? »

Kate eut un rire bref. Tracy se trahissait par ces paroles. Elle aussi devait subir des cauchemars !

« Non, répondit-elle tranquillement. Mais si jamais cela se produit, je ne manquerai pas de te le présenter. Ainsi toi et Satan pourrez aller valser dans l'obscurité. »

Pour toute réponse, Tracy poussa un soupir écœuré avant de grommeler :

« Tu es vraiment terre à terre. A propos de danse, as-tu aperçu Tom Turner ?

Kate s'interrompit avec la féroce envie de mentir. Mais, à vrai dire, cela n'eût servi à rien, car le couple formé par son amie et Tom était beaucoup trop visible.

« Tu le vois aussi bien que moi, rétorqua-t-elle. Il danse avec Donna.

— Ah oui, en effet. »

Une lueur malveillante traversa les yeux de Tracy et ses lèvres eurent un pli un peu cruel. D'un seul coup, Kate eut l'impression de se trouver devant une redoutable ennemie.

« Eh bien, c'est parfait, mais sans importance », déclara Tracy en se levant pour se mêler aux danseurs.

Grelottant dans son costume de harem, Jill arriva sur ces entrefaites et bavarda un moment avec Kate. Donna et Tom furent oubliés. Mais, Kate éprouva la désagréable certitude que Tracy Van Reed ne pardonnait jamais.

Peu après, leur hôtesse annonça la distribution des prix pour les meilleurs déguisements. Kate se vit décerner une boîte de bonbons. Son costume était *original*, déclara Tracy, non sans une pointe d'ironie. Jill eut droit à un pull-over pour avoir arboré une tenue osée. Elle s'empressa d'ailleurs de l'enfiler pour avoir moins froid !

« Et maintenant, décréta Tracy, un prix de consolation. Il est pour Donna Margolis qui a fabriqué elle-même son costume ! »

Avec un sourire diabolique, Tracy lui tendit une vieille couverture de tricot et deux pinces à linge.

« Cela te donnera des idées pour l'année prochaine », ajouta-t-elle, méchamment.

Des rires secouèrent l'assistance et Donna essaya de se mêler à la gaieté générale en s'emparant de son triste cadeau. Mais, Kate ne fut pas dupe. En son for intérieur, son amie était profondément peinée. Donna était bien trop sensible pour apprécier cette cruelle plaisanterie.

Chacun vint la féliciter, mais Kate remarqua que tout le monde éprouvait la même gêne. Malheureusement, il était trop tard pour réparer cette méchanceté purement gratuite et en dépit de son sourire de circonstance, des larmes brillaient dans les yeux de Donna.

A la fin de la boum, Kate s'approcha gentiment de son amie. Dans l'espoir de lui faire oublier les paroles de Tracy, la jeune fille déclara gaiement :

« Tu t'es bien amusée, je suis sûre !

— Ouais... peut-être bien.

— En tout cas, Tom Turner n'a regardé que toi.

— Certes... Jusqu'à ce que Tracy m'humilie devant tous les invités. »

La voix de Donna venait de craquer lamentablement.

« Allons, ne te laisse pas abattre, reprit Kate avec chaleur. Tracy cherchait seulement à te mettre en boule !

— Mais, pourquoi ? Je ne lui ai jamais rien fait. »

Donna leva vers son amie un regard chagriné. Kate en fut bouleversée.

« Tu veux savoir la vérité ? répondit-elle fermement. Eh bien, c'est tout simplement parce que Tom Turner ne l'a pas invitée pour ouvrir le bal. »

Donna poussa un soupir de regret.

« Tu sais, Kate, je crois que tu avais raison. Tracy est tout simplement perverse. Elle a dû croire que j'accaparais Tom et elle m'a écartée. Pourtant, Tom ne l'intéresse nullement. Mais, Tracy ne veut pas que les autres aient quoi que ce soit. Tout doit lui appartenir ! »

Cette fois, Kate ne trouva rien à répondre. Donna disait vrai. Mais, dans ce cas, pourquoi Tracy lui avait-elle abandonné si facilement le miroir ?

Au fait, l'avait-elle vraiment *abandonné... ?*

« Oublie Tracy, déclara-t-elle. Lundi, elle ne pensera déjà plus à sa magie noire et à Tom Turner.

— Je l'espère », soupira Donna, sans conviction.

A cet instant, la voiture de M. Mayfield s'arrêta devant le perron et les jeunes filles rentrèrent à la maison.

Kate tombait de sommeil et pour la première fois, elle s'endormit profondément — sans que le moindre cauchemar vînt gâcher ce repos réparateur.

CHAPITRE 7

Durant les semaines suivantes, les cauchemars de Kate furent nettement moins terrifiants. La vieille mélodie et les échos de l'orchestre résonnaient encore, mais les fantômes ne venaient plus hanter son sommeil. Quant à cette rage meurtrière qui s'emparait d'elle la nuit, pour se perpétuer dans la journée, elle concernait désormais une fille... autre que Kate Mayfield.

Incapable d'identifier quelle était cette nouvelle victime, Kate avait l'impression d'avoir un pouvoir sur ses rêves. Les visions défilaient comme les images d'un film dans lequel elle ne tenait plus le rôle principal.

La jeune fille en fut satisfaite, mais elle se demandait par quel miracle ses songes l'avaient reléguée au rang de spectatrice.

Kate avait bien trop les pieds sur terre pour supposer que ses rêves appartenaient à... quelqu'un d'autre. Pourtant, ils semblaient animés d'une personnalité propre.

Mais l'esprit rationnel de Kate ne voulait pas en convenir. Peut-être... ne désirait-elle pas non plus reconnaître que ces rêves révélaient tout simplement ses mauvais instincts ?

Le voyage à Boston tombait à pic pour lui changer les idées. Tandis qu'elle bouclait son sac, la jeune fille constata qu'elle avait meilleur moral. Même sa mère lui en fit la réflexion.

« Dieu merci, tu as moins mauvaise mine, Kate !

— Depuis que j'ai décroché une bonne note en maths et que je m'entends bien avec mes camarades, je me sens en pleine forme.

— Cela se voit. Tu as les joues toutes roses. »

Ce n'est qu'un peu plus tard, en mettant une touche de rouge sur ses pommettes, que l'expression de sa mère lui revint en mémoire. Avec la chanson...

« Rose, Rose, rouge comme une rose... » répéta-t-elle.

Puis, elle s'arrêta, prudente. Pourquoi ces fleurs la plongeaient-elle dans un malaise incompréhensible ? *Rouge comme ma colère...* Cela avait un sens après la rage éprouvée contre Joey. Mais que venaient faire les roses dans cette histoire ?

Le séjour à Boston commença sous les meilleurs augures. Le vendredi soir, Kate dormit comme un bébé. Désormais, les cauchemars appartenaient bel et bien au passé.

Le samedi, toute la famille se promena dans

Boston. Et, dans l'après-midi, sa grand-mère et Mme Mayfield l'emmenèrent faire des courses dans les magasins. Kate choisit une chemise de laine et un tricot que lui eût envié Tracy. Puis, considérant, tout compte fait, qu'ils n'étaient pas dans son style, elle les échangea pour un chandail angora bleu pâle et un chemisier à col marin.

Après cette journée excitante, Kate se coucha de bonne heure. Hélas ! à peine sombrait-elle dans le sommeil que le cauchemar revint. Toutefois, l'héroïne de ses macabres visions eut soudain un visage bien connu : celui de Tracy Van Reed !

Avec un rictus effrayant et une grimace satanique, Tracy s'approchait de la jeune fille... La colère s'était emparée d'elle et elle cherchait à l'agripper de ses doigts crochus. Kate se pelotonna davantage sous l'édredon de sa grand-mère, cherchant à fuir cette furie... Les rôles étaient renversés. Joey n'était plus la victime de Kate... Mais Kate était devenue celle de Tracy.

Soudain, il y eut un bruit de verre brisé. Kate aperçut alors son miroir en mille morceaux. Tandis que dans son cauchemar, la jeune fille traversait la pièce, se coupant les pieds sur les éclats de verre... Un sourire satisfait apparaissait sur le visage de Tracy Van Reed.

Kate s'éveilla alors en sursaut le cœur battant, comprenant de moins en moins cette énigme.

Lorsque le lendemain soir, la voiture des Mayfield s'arrêta devant leur maison, Joey poussa un cri de joie.

« Hourra ! Nous voici de retour !

— Ne me dis pas que tu t'es ennuyé à Boston, observa leur mère, avec un sourire affectueux.

— C'était super, maman. Mais il n'y a rien de mieux que de se retrouver chez soi.

— En effet », opina-t-elle.

A en juger par le sifflement joyeux de leur père, il partageait cet avis. Kate, également.

« Je meurs de faim, maman. Qu'y a-t-il pour le dîner ? reprit Joey en se précipitant hors de l'auto.

— Tu vois, Eric, gémit Mme Mayfield, je t'avais bien dit que nous aurions dû nous arrêter pour acheter de quoi souper. »

Laissant les siens s'occuper de leurs bagages, Kate s'empara de son sac de voyage et se dirigea vers la vieille bâtisse. Après avoir contourné le coin de la maison, la jeune fille s'arrêta, sidérée : l'endroit où l'on accrochait les clefs sur le mur était vide.

D'un seul coup, l'angoisse l'envahit. Ces lieux qui lui paraissaient familiers devinrent brusquements glacés et inhospitaliers !

« Papa ! appela-t-elle, d'une voix sourde. Les clefs ont disparu. »

M. Mayfield déposa tranquillement sa valise sur le seuil de la porte avant de répondre, tout aussi paisible.

« Calme-toi, Kate. Laisse-moi jeter un coup d'œil. »

Kate pouvait entendre son cœur cogner dans sa poitrine. Quelque chose d'affreux avait dû se passer... Ses rêves avaient-ils été prémonitoires ? Peut-être, allait-on découvrir *ce qui* les attendait à l'intérieur... ? La jeune fille frissonna. Ses jambes étaient en coton.

« Kate, vraiment ! » gronda soudain son père.

Avec une expression mécontente, il brandit les clefs.

« Je... Tu les as trouvées ? bégaya-t-elle, incrédule.

— Apparemment, oui ! dit-il en ouvrant la porte.

— Mais elles n'y étaient pas quand j'ai regardé, s'entêta-t-elle. Je t'assure, papa, c'est vrai ! »

M. Mayfield haussa les épaules, exaspéré.

« Tu n'as pas cherché au bon endroit.

— Pourtant, on les cache toujours sur ce mur-là, gémit-elle. Joey et moi ne les avons jamais mises ailleurs !

— Eh bien ! Cela prouve que l'un de vous s'est trompé, la dernière fois. »

Kate soupira, nerveuse et soulagée à la fois.

« Bon... Je suppose que tu as raison. »

Kate se sentit un peu stupide. Elle avait réagi comme une idiote. Mais, en son for intérieur, la jeune fille conservait des doutes. Quelque chose sonnait faux et elle ne savait pas quoi... Si elle insistait, on ne tarderait pas à la prendre pour une folle.

Comme Kate se dirigeait vers le placard pour accrocher son manteau, Joey ricana.

« Attention, Kate ! L'assasin doit y être caché, prêt â t'étrangler.

— Très drôle ! siffla-t-elle, furieuse. Dans ce cas, j'aurais dû continuer à chercher les clefs plus longtemps pour ne pas être la première à l'affronter.

— Cesse de taquiner ta sœur, Joey, gronda Mme Mayfield. Tout est bien qui finit bien. »

Sa mère cherchait à l'apaiser, mais Kate n'en fut que plus humiliée. Elle avait effrayé toute la famille pour rien. De plus, elle passait pour une poltronne. Après avoir enlevé son manteau, elle s'empara du sac contenant ses précieuses acquisitions et monta l'escalier.

Sur le palier, ses jambes fléchirent. Pour une raison inconnue, Kate eut la certitude qu'une hideuse créature était venue violer la maison en leur absence.

Ce pressentiment était absurde et Kate se morigéna. « Allons, rentre dans ta chambre et cesse de faire l'imbécile », se dit-elle, mécontente.

Furieuse contre elle-même, mais de nouveau angoissée, la jeune fille tourna lentement la poignée de la porte. Quand elle entra, son cœur s'arrêta de battre...

Son cher miroir gisait sur le plancher — cadre et verre brisés en mille morceaux.

CHAPITRE 8

Pendant une minute qui lui parut une éternité, Kate demeura pétrifiée. A la dérobée, elle jeta un coup d'œil autour d'elle, comme si l'intrus se cachait encore dans sa chambre.

Bien entendu, il n'y avait personne. Kate posa son bagage et s'approcha du désastre. Le clou auquel était suspendu son miroir avait été arraché. A la place, un trou béant marquait son emplacement dans le papier à fleurs.

Tout était sa faute. En fait de cambrioleur, il n'y avait qu'une maladroite qui n'avait pas pris la précaution de mettre un crochet plus solide pour suspendre son trésor. Ce clou s'était révélé insuffisant pour soutenir ce lourd et vieux miroir.

Quel joyeux retour à la maison ! Refoulant ses larmes, Kate commença par vider son sac de voyage. Ensuite, elle s'agenouilla sur le plancher pour ramasser les débris de bois et de verre qu'elle entassa à la place de ses vêtements. Ainsi, pourrait-elle les descendre plus facilement.

Elle en avait déblayé une bonne partie lorsque soudain, une exclamation étonnée lui échappa. Elle regarda la paume de sa main. Indéniablement, une traînée de peinture dorée s'étalait sur sa peau. Son souffle s'accéléra et elle se mit à vérifier soigneusement les morceaux de bois et de verre. Kate découvrit qu'une couche de dorure avait été appliquée sur un cadre parfaitement neuf, qu'on avait frotté par endroits pour lui donner de la patine. Ce miroir-là n'était pas ancien.

La jeune fille se redressa, la tête lui tournait. La vérité était limpide, mais elle n'avait aucun sens ! Pour quelle raison ces éclats de verre et de bois avaient-ils été disposés dans sa chambre ? On avait voulu faire croire que son miroir s'était brisé... Mais ce n'était pas SON miroir !

Kate tressaillit et se pencha à nouveau. D'où venaient ces morceaux de glace et de cadre disloqués ? Qui les avait apportés là ? Et surtout, où se trouvait le merveilleux miroir acheté dans la boutique de M. Jenkins ?

Lentement, elle s'agenouilla et avec un soin méticuleux, commença de trier les débris, séparant le verre brisé du prétendu vieux cadre.

Tel un puzzle, Kate les disposa sur le sol. C'était un travail de fourmi, mais l'unique façon de vérifier si ce miroir était, ou non, le sien.

Une à une, les pièces se trouvèrent assemblées et Kate poussa un soupir de satisfaction. Ses premières conclusions furent confirmées. De plus, nulle part, la jeune fille n'aperçut l'inscription M. R. HENLEY, 1840.

Ce miroir n'était pas celui qu'elle avait acheté. Où se trouvait-il, alors ?

Soudain, dans un éclair, surgit dans sa mémoire le cauchemar de la nuit dernière. Kate sut aussi clairement que si elle avait été là, qui s'était emparé de son miroir. En fait, dans son rêve à Boston, elle avait VU ce qui se passait ici. Kate eut à nouveau la vision de Tracy, du miroir brisé et de son pied nu, coupé par un débris de verre...

Et, bien entendu, les clefs avaient également été déplacées de leur cachette habituelle !

Quelques semaines plus tôt, Tracy était venue lui demander l'hospitalité pendant une heure : Mme Stout avait pris sa journée de congé et sa mère ne l'avait pas entendue frapper à la porte ; elle devait attendre le retour de son père.

« Comment ai-je pu être stupide au point d'avoir oublié mes clefs en partant ce matin ? avait gémi Tracy.

— Tu devrais faire comme nous, avait alors suggéré Kate. Nous cachons nos clefs dans un trou du mur ainsi si l'un de nous les oublie, cela n'a pas d'importance.

— Oh ! Nous ne pourrions jamais faire cela ! avait protesté Tracy avec une moue horrifiée. Pas avec la collection de porcelaines de Chine de maman, et les tableaux de maître de papa ! »

Cette fois, il n'y avait plus aucun doute. Tracy était l'auteur de ce vol et de cette mise en scène. Comment Kate avait-elle pu se montrer si naïve et croire que Tracy passerait l'éponge ? Tracy avait bien mérité sa réputation de ne jamais oublier ni pardonner... Son plan avait été simple : tout d'abord, feindre l'amitié. Ensuite, s'emparer du miroir. Depuis le début, Tracy Van Reed savait pertinemment qu'il lui reviendrait un jour.

« Quelle sale besogne ! grommela Kate à mi-voix en contemplant les débris qui jonchaient le sol. Comment Tracy avait-elle trouvé un miroir de même taille et presque pareil au sien ? Evidemment Tracy avait poussé le perfectionnisme jusqu'à peindre le cadre en vieil or ! »

On pouvait presque éprouver de l'admiration devant une telle ingéniosité. Il n'en restait pas moins que ce geste criminel était odieux.

Une colère indignée envahit Kate. Le visage brûlant, elle imagina le petit sourire narquois de Tracy pénétrant dans la vieille maison vide. Tracy avait dû gravir l'escalier comme un cambrioleur, portant son faux miroir sous le bras, le brisant et se dépêchant de s'emparer de l'original !

Une moue de dégoût et de mépris déforma les lèvres de Kate. Dans un souci du détail, Tracy avait même été jusqu'à arracher le clou du mur afin de faire croire à une pure négligence.

Tracy avait dû ricaner comme le chat venant de croquer le canari. A l'heure présente, elle devait être joliment contente de son coup de maître !

« Je l'aurai... souffla Kate, vengeresse. Je lui ferai regretter à jamais de m'avoir volé mon miroir ! »

Certes. Mais... comment ?

Ramassant les restes du faux miroir, Kate les

jeta dans la corbeille de sa salle de bain. Le découragement l'envahit. Ce serait vraiment un miracle que quiconque prête foi à son récit ! Elle imaginait la tête de ses parents si elle leur déclarait que Tracy Van Reed avait volé son miroir pour lui substituer une imitation... brisée de surcroît !

Sans nul doute, ils l'accuseraient de perdre la raison.

La situation semblait sans issue. Si ses parents finissaient par la croire, que pourraient-ils faire de plus ? Aucune chance qu'ils aillent se plaindre aux Van Reed, en exigeant de voir la chambre de Tracy. Cette dernière attendrait peut-être des semaines et des mois avant de l'accrocher, bien en vue... Si, toutefois, elle le suspendait jamais !

Posséder ce miroir, était tout ce que Tracy désirait. Cette victoire devait l'emplir de satisfaction. Avoir joué ce vilain tour à Kate Mayfield lui suffisait amplement.

L'imbroglio était total. Kate n'avait aucun moyen légal de faire pression sur Tracy. Un sentiment d'impuissance s'empara d'elle. L'injustice la fit trembler de rage... Il était hors de question de porter la moindre accusation. Les Van Reed avaient la réputation de savoir protéger leur fille.

De plus, Kate pouvait-elle compromettre la carrière de son père ? Sa situation à la *Van Reed Electronic* ne concernait pas seulement sa vie. Mais leur vie à tous. Qu'adviendrait-il si M. Mayfield perdait sa situation ? Probablement, leur faudrait-il quitter Shelter Cove. Cette perspective lui parut encore plus pénible que la perte de son cher miroir.

Néanmoins, Kate n'avait pas l'intention d'en rester là. D'une façon ou d'une autre, elle trouverait bien le moyen de récupérer son bien. Tout comme Tracy, elle élaborerait un plan. Pour l'instant, mieux valait faire croire à la voleuse que sa ruse avait réussi.

Encore troublée, la jeune fille descendit pour dîner avec les siens. La soirée s'écoula paisiblement, mais quand vint le moment de se coucher, Kate songeait encore avec amertume à l'odieuse tricherie de Tracy. Bouleversée, elle craignait de ne pas s'endormir... Or, ce fut tout le contraire qui se produisit ! Non seulement, le sommeil la terrassa rapidement mais il ne fut troublé par aucun cauchemar.

Au lycée, le lendemain, Tracy se montra aussi souriante que si de rien n'était. Kate s'en tint à ses bonnes résolutions : agir au moment opportun.

Toutefois, elle se garda bien de raconter son infortune à ses camarades. Tracy eût été trop contente !

Mieux encore, Kate ne devait pas laisser voir combien cette vieille glace avait d'importance pour elle. Sans doute surprise par l'indifférence de son ennemie, Tracy finirait bien par tomber dans un piège.

Au bout de quelques jours, Kate fut prise de remords. Après tout... elle n'avait aucune preuve contre Tracy. Peut-être l'avait-elle accusée à tort ? Seule, une certaine logique l'avait incitée à tirer ses conclusions. Mais Tracy avait-elle vraiment volé le miroir ?

Finalement, Kate découvrit la vérité de la façon

la plus simple. Tracy invitait souvent ses amies à venir écouter des disques après la classe. Or, depuis son retour de Boston, Kate nota que leur hôtesse ne les recevait plus dans sa chambre. Par une étrange coïncidence, Tracy avait transporté son pick-up dans le jardin d'hiver, prétextant qu'il était désormais sa nouvelle tanière et elle leur fit remarquer l'agrément de cette pièce ensoleillée... Mais, Kate en déduisit que le miroir devait se trouver accroché sur l'un des murs de la chambre de Tracy.

Curieusement, l'absence de son vieux miroir ne la rendait pas malheureuse. Tout au contraire, Kate en éprouva une sorte de soulagement. L'atmosphère de la maison lui parut différente... plus légère, plus respirable !

Ses cauchemars avaient pratiquement disparu, et Kate se sentait délicieusement bien à Shelter Cove. Même les maths cessèrent d'être sa bête noire !

Enfin, Joey débordait d'amour devant un jeune chiot, trapu, gris et blanc, à la fois pataud et turbulent. Fanzie fut, pour de bon, l'esprit de la maison ! Il promettait de devenir énorme et de se montrer un excellent gardien.

En novembre, les jours se firent de plus en plus froids. Ce ciel se couvrit et les arbres commencèrent à perdre leurs feuilles.

Kate n'en continua pas moins à se rendre au lycée à pied, sans Donna qui, désormais, donnait rendez-vous à Tom. Son amie avait troqué son vieux pull-over contre un gros manteau blanc. Il était impossible de ne pas l'apercevoir tandis qu'elle attendait son cher Tom Turner. Quant à Kate, elle portait un vieil anorak rouge.

« Parfois, je prie pour que mes sœurs aînées aient meilleur goût ! pesta Donna. J'en ai marre de ressembler à un ours polaire chaque hiver !

— Moi, je le trouve joli, répondit Kate. Regarde le mien, j'ai l'air d'un gros sandwich. Et puis, console-toi, tu sors avec le type le plus super du lycée. Tracy a sans doute un manteau en poil de chameau, mais aucun petit copain. Moi non plus, d'ailleurs.

— Mais, tu m'as dit que Jim Pearsall t'emmenait au cinéma, samedi prochain.

— Oui, c'est vrai, soupira Kate. Jim est sympa, mais je ne me vois pas en tomber amoureuse.

— Hé, doudou ! Personne ne te le demande. »

Kate éclata de rire.

« Je le sais. Mais, pour être honnête, je ne pourrais vraiment pas l'embrasser. Ce doit être à cause de cette dent de devant qui lui manque.

— Seulement pour ça ? Jim est plutôt gentil garçon et je te trouve un peu chipie. J'espère que tu ne vas pas devenir comme Tracy Van Reed. A propos, tu n'as pas l'impression qu'elle se conduit un peu bizarrement ces temps derniers ?

— Que veux-tu dire ? Bizarre dans... quel sens ?

— Je ne sais pas. Elle a souvent un drôle de petit sourire sur les lèvres. Comme quelqu'un qui aurait un secret. Elle te semble peut-être normale... moi je trouve qu'elle a un regard mort. »

Donna s'interrompit, et se mordit les lèvres pour avoir trop parlé.

« Bon sang, je ne devrais pas dire des choses

pareilles ! Peut-être que Tracy a tout simplement des ennuis chez elle. J'ai entendu dire que son père était obligé de voyager de plus en plus. Pas étonnant qu'il ait eu l'air content à cette boum. Il doit être ravi de rentrer moins souvent chez lui. Pauvre Tracy !

— Pauvre Tracy ? répéta Kate, moqueuse. Dis donc, tu me sembles bien généreuse depuis que tu as récupéré Tom. Tu ne disais pas la même chose après cette soirée d'Halloween ?

— Bon, je te l'accorde. Pas besoin de me le rappeler. De toute façon, je ne lui fais pas confiance et je ne la juge plus comme quelqu'un de particulièrement gentil ! Néanmoins, cela ne m'empêche pas d'être navrée pour elle.

— Evidemment, Donna. Je te taquinais. Dans un sens, tu as raison. Moi aussi, je la plains. »

Après cette discussion, Kate dut admettre qu'en dépit de toute sa rancune elle éprouvait une sincère pitié pour Tracy. Malgré ses airs hautains et sa superbe, elle paraissait profondément seule et malheureuse. La beauté, la fortune et la popularité se révélaient insuffisantes à son bonheur.

Aussi, Kate continua-t-elle à se montrer aimable avec elle. D'ailleurs, pouvait-on être désagréable avec qui que ce soit, lorsqu'on vivait si heureuse à Shelter Cove ? Bien sûr, elle lui en voulait encore d'avoir volé son miroir, mais Kate l'invita quand même au premier dîner que les Mayfield offraient pour la fête de Thanksgiving.

Cette autre joyeuse fête nationale américaine donne généralement lieu à une réunion avec des camarades de lycée.

Kate leur avait préparé des tartes aux pommes arrosées de cidre chaud.

M. et Mme Mayfield restèrent un moment pour accueillir les invités de leur fille, puis se retirèrent au premier étage et s'installèrent devant un bon feu de bois. Ils entraînèrent Joey qui eût bien aimé participer aux réjouissances.

Kate entendit sa mère chuchoter dans l'oreille du jeune garçon.

« Ecoute, mon chéri, quand tu invites *tes* copains, tu aimes bien les recevoir tranquillement, non ? »

Quoique la jeune fille eût transporté sa chaîne stéréo dans le living-room, personne ne souhaita danser.

« Nous avons trop mangé ! » déclara Donna, tout à fait adorable dans un petit ensemble vert.

Un instant plus tôt, elle avait confié à son amie avoir exécuté elle-même ce chef-d'œuvre.

Ils s'assirent par terre et se mirent à plaisanter et à se raconter les derniers potins du lycée. Peut-être n'avaient-ils plus d'appétit, mais il firent encore honneur aux tartes.

Kate observa Tracy. Donna avait raison. Tracy se montrait étrangement calme, fixant le feu qui pétillait dans l'âtre, une lueur insolite dans les prunelles. Elle avait vraiment un comportement bizarre et inhabituel.

A Shelter Cove, Tracy n'était jamais passée inaperçue. Mais, ce soir, elle battait tous les records dans sa jupe et son corsage de soie rouge foncé. Ses superbes cheveux blonds tombaient en cascade dorée sur ses épaules. Un ruban de même couleur les maintenait en place. La jeune fille ne pipa mot de toute la soirée.

Lorsqu'elle s'acheva et que les invités commencèrent à enfiler leur manteau, Kate s'approcha de Tracy.

« Tu m'as l'air bien pensive », lui dit-elle.

Tracy tourna vers elle un visage impassible. Une lueur rêveuse dansait dans ses yeux cernés.

« J'ai regardé les flammes... Ne sont-elles pas magnifiques ? »

Puis, elle éclata soudain d'un rire aigu qui plongea Kate dans un malaise indéfinissable.

« Bon, je te laisse pour dire au revoir aux autres », murmura-t-elle, en s'écartant.

Tracy se comportait vraiment d'une façon étrange. De toute évidence, quelque chose ne tournait pas rond chez elle ! Retrouvant tout à coup son allure mondaine, Tracy rétorqua, nonchalante :

« Je vais rentrer avec Jill. Son père doit venir nous chercher d'une minute à l'autre. »

Kate les abandonna toutes les deux devant le feu et raccompagna ses invités. Quand elle revint dans la pièce, Tracy était seule.

« Jill est aux toilettes, déclara Tracy en désignant le hall. Elles sont là, n'est-ce pas ? Et la buanderie est à côté ? »

Kate acquiesça. Elle fut sur le point de lui demander comment elle connaissait si bien la répartition des pièces... pour n'être venue ici qu'une seule fois. Mais, évidemment, Tracy avait dû se balader dans toute la maison avant de commettre son larcin.

Néanmoins, Kate oublia la question et demeura

la bouche ouverte... Tracy venait de fredonner cet air ancien qui avait hanté ses cauchemars... un sourire étrange flottait sur ses lèvres. Stupéfaite, Kate murmura :

« Tu connais les paroles ?

— Bien sûr. »

Tracy se mit à rire doucement et son rire s'égrena comme une brise légère. Puis, soudain, d'une voix étrangement rauque, elle reprit sa mélodie.

« Rouge, rouge, rouge comme une rose... Rouge est ma colère... Personne ne prend garde et personne ne sait la magie qui se cache sous les roses rouges. »

Lorsque Jill revint dans le living, elle trouva Kate abasourdie et Tracy souriant curieusement...

« Comment pourrais-je ignorer les paroles, Kate ? C'est *ma* chanson. Je l'ai écrite et personne ne l'a jamais entendue avant ce soir », disait-elle.

CHAPITRE 9

A l'instant même où ces paroles tombèrent des lèvres de Tracy, Kate comprit. Cette brutale révélation la glaça jusqu'aux os.

Impatiente de se retrouver seule pour réfléchir, elle fut sur des charbons ardents jusqu'à l'arrivée de M. Meyer, le père de Jill.

Quand elles entendirent sa voiture, Kate alla chercher dans le vestiaire le parka de Jill et le manteau de Tracy. Tracy enfila son vêtement d'un air absent, le regard fixe, son étrange sourire flottant toujours sur ses lèvres.

« C'était formidable, Kate, déclara Jill, poliment. Je te reverrai au lycée, lundi.

— Passe un bon week-end, Jill, et toi aussi, Tracy.

— J'en ai l'intention », répondit Tracy, d'un ton ferme.

Kate hésita un instant sur le seuil de la porte, puis s'avançant vers Tracy, lui demanda :

« Dis-moi, Tracy, t'es-tu sentie tout à fait bien ces temps derniers ? Enfin... je veux dire... n'as-tu pas eu des cauchemars ou quelque chose d'ennuyeux ? »

Le regard que lui lança Tracy fut plus éloquent que sa réponse.

« Bien sûr que non, Kate ! Quelle question stupide ! Tu as trop mangé et ton dessert a dû te monter à la cervelle ! »

La porte se referma sur ses invitées, mais Kate savait que Tracy mentait. Un petit rictus nerveux déformant sa bouche l'avait trahie. Tracy *avait* des cauchemars. Elle ne voulait pas l'avouer.

Se laissant tomber sur le canapé, Kate fixa les flammes à son tour. Bouleversée, incrédule, la jeune fille essayait de comprendre.

« Comment est-ce possible ? C'est incroyable... » murmura-t-elle, troublée.

Pourtant, en son for intérieur, Kate sentait que *tout était possible.* Tracy avait subi les mêmes cauchemars... et chantait la même mélodie. Il n'y avait qu'une explication plausible : le MIROIR.

Mais... comment — et pourquoi... ? Kate devait impérativement dévoiler ce mystère.

Maintenant, elle ne pouvait plus s'étonner de dormir si bien. Les démons qui hantaient ses nuits se trouvaient désormais autour de Tracy. Un certain soulagement l'envahit en dépit de la terreur suscitée par les pouvoirs de ce miroir.

D'un côté, Kate se trouvait délivrée d'un grand poids : ses horribles visions n'étaient pas dues à ses mauvais instincts. Mais, de l'autre, comment un simple objet de verre et de bois pouvait-il contenir une force maléfique ?

Le lendemain, la jeune fille n'eut pas l'occasion de creuser davantage la question. Son père avait invité un ami et projeté de lui faire visiter les environs avec sa famille. L'excursion fut plaisante, mais Kate n'avait qu'une hâte : faire son enquête.

Aussi, samedi, se leva-t-elle de bonne heure. Après avoir accompagné Joey au terrain de sport et admiré ses performances au football, Kate se tourna vers sa mère.

« Puis-je aller faire quelques courses en ville, maman ? Joey ne commence la partie qu'à midi et il est onze heures. J'ai largement le temps ! »

La permission accordée, Kate s'éclipsa avant que Mme Mayfield lui pose des questions. De toute façon, il n'y avait aucun espoir que son entourage croie son histoire. Cette aventure se révélait bien trop irrationnelle !

Le froid était piquant. Kate regretta de n'avoir pas mis son bonnet de laine. Toutefois, il était trop tard pour aller le rechercher à la maison.

La rue principale était déserte en ce week-end de fête. Même les magasins habituellement ouverts toute la journée, étaient fermés. Quelques pancartes ornaient les devantures : JOYEUX THANKSGIVING. OUVERT LUNDI.

Kate enfonça les mains dans ses poches et pesta intérieurement. Toutes les boutiques étaient-elles fermées ? Le vent lui glaçait les oreilles, le ciel était bas et elle avait le nez gelé. Néanmoins, la jeune fille continua de marcher énergiquement. Comme elle atteignit le bout de la rue, un point de côté lui coupa le souffle mais Kate leva les yeux avec satisfaction sur l'enseigne de cuivre. JENKINS ET C. ANTIQUITÉS. BRIC-A-BRAC.

La devanture était toujours aussi poussiéreuse et encombrée d'objets hétéroclites. La boutique semblait déserte... Mais, à vrai dire, pas plus que les deux fois précédentes.

Kate souffla sur ses doigts gourds, avant de poser la main sur la poignée. Pourvu que ce magasin soit ouvert ! Sans trop d'espoir, elle poussa la porte qui, par bonheur, grinça sur ses gonds. Pénétrant dans la pièce sombre, elle appela.

« Monsieur Jenkins... ? Etes-vous ouvert ?

— Sûr, je le suis ! répliqua aussitôt M. Jenkins en émergeant de son arrière-boutique. J'ai pris mon jour de congé hier. Avoir passé un après-midi à faire sauter mes petits-enfants sur mes genoux me fait apprécier de me retrouver bien tranquille ici. »

Amusée, Kate balaya du regard les bibelots et les meubles, en se souvenant de la timidité avec laquelle elle était entrée le premier jour.

Le vieil homme s'était laissé tomber dans un rocking-chair. Se mettant en pleine lumière, Kate se tourna vers lui.

« Vous souvenez-vous de moi, monsieur Jenkins ?

— Je n'oublie jamais un visage, rétorqua-t-il avec fierté en resserrant son cardigan rouge autour de son torse gracile. Vous êtes la jeune personne qui avez acheté le miroir. »

Puis, avec un petit rire amusé, il reprit :

« Vous l'avez même enlevé sous le nez de la fille Van Reed. Peut-être cela lui aura-t-il servi de leçon, elle manque d'humilité. Et maintenant, que puis-je faire pour vous ?

— Justement, je suis venue à cause de ce miroir. J'aimerais bien savoir son origine. »

M. Jenkins s'immobilisa, les mains sur les accoudoirs de son fauteuil, et il ne dit pas un mot. Il parut réfléchir aux paroles de Kate.

« Vous comprenez, continua-t-elle, ce miroir est devenu mon objet de prédilection, aussi suis-je intéressée par son passé. Par exemple, qui était M. R. HENLEY en 1840 ? Cette inscription se trouve sur le dos du cadre. »

M. Jenkins se renversa contre le dossier de son siège ; en opinant lentement du chef, il déclara, satisfait :

« Bravo ! J'ignore si je vais pouvoir vous renseigner, mais je trouve admirable qu'une jeune fille comme vous se passionne pour ces histoires... La plupart des gens qui viennent ici achètent un objet qui leur plaît, mais se soucient comme d'une guigne de son passé. Pas une seconde, ils n'envisagent que leur acquisition a toute une vie derrière elle. C'est un manque de curiosité de leur part.

— Eh bien, moi, je suis curieuse. J'aimerais tout savoir sur ce miroir.

— Laissez-moi réfléchir... Il se trouvait dans ma boutique depuis si longtemps qu'il m'est difficile de me souvenir d'où il vient... »

Kate brûlait d'impatience. Perdu dans ses pensées, le vieil homme n'aurait sans doute que peu d'informations à fournir... Mais, peut-être, seraient-elle importantes ?

« Attendez... murmura-t-il. Ce miroir devait être là depuis une bonne trentaine d'années. Vous n'étiez pas encore née, jeune fille ! Je l'ai eu à une vente aux enchères, je pense. »

Une amère déception envahit Kate.

« Je suppose que vous ne savez plus où cette vente a eu lieu ?

— Hum... Je n'en suis pas certain... Rien n'est très clair dans mon esprit... »

Découragée, Kate soupira. Il ne lui restait plus qu'à prendre congé du brave homme.

Soudain, il fit claquer ses doigts.

« Attendez ! je me souviens ! Uniquement, parce que ce jour-là, j'ai acheté en même temps un vaisselier. Il faisait partie d'un lot, avec le miroir. Mais, la plupart des acheteurs boudaient ce dernier et ne désiraient que le vaisselier... »

Kate se retourna, le souffle court.

« Vous rappelez-vous aussi, où se tenait cette vente aux enchères, monsieur Jenkins ? »

Perdu dans ses souvenirs, il murmura lentement.

« Oui... J'ai dû revenir deux fois... D'abord pour chercher le vaisselier... Ou bien avais-je emporté le tout ? Bref, cette vente avait eu lieu à Salem, chez le vieux Barney Rumson. Y ai-je pris aussi le miroir ?

— Pourquoi ne l'auriez-vous pas fait, monsieur Jenkins ? s'informa gentiment Kate.

— Parce qu'il se trouvait à Abbotsfield, chez Jeb Carter qui avait conduit la vente. Abbotsfield est sur la route de Salem, une gentille petite ville, pas plus grande que Shelter Cove. »

M. Jenkins lui décocha un sourire indulgent et hocha la tête.

« Mais, vous n'êtes pas venue pour entendre radoter un vieux bonhomme, n'est-ce pas ? Hélas ! je crains de ne pouvoir vous en dire davantage, mon enfant. Peut-être ces maigres renseignements vous aideront-ils ? »

Kate lui jeta un coup d'œil chaleureux.

« Oui, en effet. Merci, monsieur Jenkins ! »

Et, comme il s'apprêtait à se lever pour la raccompagner, elle ajouta :

« Non, je vous en prie, ne bougez pas. Et merci encore pour votre aide.

— De rien, jeune fille. Content si j'ai pu vous être de quelque secours. »

Tout à coup, comme elle ouvrait la porte, il la rappela.

« Encore une chose, fillette ! »

Kate revint sur ses pas. Le vieil homme se pencha en avant.

« Oui ? dit-elle.

— Ce miroir. Vous aurait-il apporté des ennuis ? »

Le cœur de Kate se mit à cogner dans sa poitrine.

« Non, non, mentit-elle. Aucun ennui... Pourquoi me posez-vous cette question ? »

M. Jenkins se redressa et secoua la tête.

« Parfois, il y a des gens qui éprouvent d'étranges sensations avec ces vieux objets. Je voulais juste savoir si c'était le cas pour vous.

— Non. Ce n'est qu'un miroir, répliqua Kate, la gorge nouée. Juste un vieux miroir... Rien de plus. »

Si seulement elle pouvait croire ses propres paroles ! Kate frissonna. Elle se souvint de l'étrange émotion qui s'était emparée d'elle tandis qu'elle le rapportait à la maison.

Etait-il possible que le miroir l'eût choisie, *elle* ? Attendant des années dans la boutique poussiéreuse de M. Jenkins, avant de jeter son dévolu... sur elle. Mais, pourquoi Kate Mayfield ?

Maintenant qu'elle savait où le vieil homme avait acheté le miroir, Kate n'avait plus qu'à continuer son enquête.

Un instant plus tard, elle rejoignait ses parents sur le terrain de football pour assister aux exploits de Joey. Son cœur battait sourdement dans sa poitrine... Une neige fine se mit à tomber, mais Kate commençait déjà à préparer son plan.

CHAPITRE 10

Une ville comme Salem et même Abbotsfield, devait avoir des archives. Mais, la mairie autoriserait-elle une fille de seize ans à compulser tous les registres ?

Kate en doutait. D'ailleurs, comment présenter sa requête ? C'était pourtant la meilleure solution pour découvrir qui avait été M. R. HENLEY...

Soudain, un éclair de génie lui traversa l'esprit. Comment n'y avoir pas pensé plus tôt ? Au XIXe, les habitants de Salem et d'Abbotsfield menaient une existence presque campagnarde. Il y avait de fortes chances pour que le propriétaire du miroir soit né et mort dans la même cité.

Le cimetière était le seul endroit susceptible de le lui confirmer !

Pour un peu, Kate eût sauté tout de suite dans

le car pour se rendre à Salem ! Le soir, au dîner, elle déclara à ses parents :

« Pour occuper mes vacances, j'ai rudement envie d'aller visiter le musée de Salem. »

La bonne humeur régnait à table. On fêtait la victoire de Joey au football et Mme Mayfield approuva.

« Bonne idée, ma chérie. Donna t'accompagnera-t-elle ?

— Non, j'irai seule. »

Et, devant le regard interrogateur de ses parents, Kate ajouta, bien vite :

« Mes camarades s'y sont déjà rendues,

— Peut-être Joey aimerait-il se joindre à toi ? suggéra son père.

— Je suis sûre que Joey préfère jouer au ballon, répliqua-t-elle avant que son frère eût le temps d'ouvrir la bouche. N'est-ce pas, Joey ? Tu deviens un champion !

— Merci, dit-il en rougissant. Je veux bien me rendre à Salem, mais pas demain. Nous irons ensemble, un autre jour, papa.

— D'accord, Joey. Mais, cela ne t'ennuie pas d'y aller seule, Kate ?

— Ecoute, papa, j'ai seize ans ! C'est à une demi-heure de car et ce n'est pas le bout du monde. »

M. Mayfield eut un sourire amusé.

« Désolé. Je ne te vois pas grandir. »

Le lendemain, Kate ne manqua pas de visiter quelques endroits célèbres dans Salem. Non seulement pour répondre à toute question familiale, mais aussi dans l'espoir d'entendre parler des Henley.

Hélas ! ce ne fut pas le cas. Kate espérait que ses recherches au cimetière seraient plus fructueuses.

L'expédition fut plus fatigante encore. Les tombes étaient si nombreuses que Kate passa des heures à errer entre les travées. Certains noms se trouvaient presque effacés sur les vieilles pierres. Nulle part, elle n'aperçut les traces des Henley.

En fin d'après-midi, Kate reprit le car pour Shelter Cove, profondément découragée. Peut-être s'était-elle lancée dans une quête impossible ? Un frisson la secoua... Qu'allait-elle trouver au bout ? Se montrait-elle trop curieuse ?

A vrai dire, Kate n'avait guère le choix. Si le miroir était doué d'un pouvoir maléfique, la jeune fille n'avait pas le droit de fuir ses responsabilités. L'énigme devait être résolue. Kate se rendrait à Abbotsfield le samedi suivant.

La semaine lui sembla interminable. Les chutes de neige achevèrent de lui saper le moral. De plus, l'atmosphère lui parut lourde, menaçante. Kate pria pour qu'il ne soit pas trop tard pour intervenir.

L'attitude de Tracy ne fut pas non plus pour la rassurer. Sa camarade semblait de plus en plus bizarre. La pin-up de Shelter Cove avait cessé de déambuler dans le lycée avec son air hautain. Tout au contraire, accordant moins de soin à sa toilette, Tracy semblait fragile. Une expression absente, presque indifférente se lisait dans ses yeux, tandis qu'un sourire figé flottait sur ses lèvres.

Jusqu'à présent si soucieuse de sa beauté, Tracy ne se donnait même plus la peine de se maquiller.

Son visage pâle, ses yeux cernés et sa superbe chevelure à peine démêlée soulignaient un détachement inhabituel et inquiétant.

Bien entendu, Donna s'aperçut du changement.

« Qu'est-ce qui ne va pas chez Tracy ? dit-elle un jour à Kate. On dirait un fantôme ! T'avouerais-je que ses sarcasmes me manquent ? Je n'avais jamais supposé qu'elle se métamorphoserait à ce point !

— Dernièrement, Tracy m'a paru abattue, avoua Kate, ne désirant pas partager ses craintes. Peut-être est-ce l'approche des fêtes de Noël ? C'est très déprimant pour certaines personnes de voir les autres se réjouir, lorsque la tristesse règne chez soi.

— Oh ! Mais, Tracy ne passe pas Noël chez elle. Elle m'a dit que toute la famille se rendait aux Bahamas pour les fêtes de fin d'année.

— Dans ce cas, cela lui changera peut-être les idées. »

En son for intérieur, Kate se demanda aussi si ces vacances lui permettraient de récupérer son miroir. Mais, serait-ce la bonne solution pour elle, comme pour Tracy ?

Il fallait espérer que samedi prochain lui apporterait du nouveau. Kate devait découvrir à tout prix quel secret cachait ce miroir. La jeune fille regretta amèrement d'avoir été entraînée dans cette aventure.

Vendredi soir, Kate accepta d'aller au cinéma avec Jim Pearsall. Elle aussi, avait besoin de se changer les idées. Néanmoins, la jeune fille était tellement énervée à la perspective du lendemain, qu'elle prétexta une migraine pour ne pas prolonger la soirée.

Après le film, Jim la raccompagna chez elle.

Cette nuit-là, ses rêves ne furent guère plus plaisants que ses anciens cauchemars ! Kate se promenait entre des travées de tombes moussues, cherchant désespérément un nom. Se réveillant plusieurs fois en sursaut, le cœur battant, Kate s'interrogea avec angoisse sur les terribles découvertes qu'elle allait peut-être faire...

Incapable de se rendormir, elle savait que le sommeil la fuirait jusqu'à ce qu'elle trouve la vérité. Toutefois, une chose était sûre : les forces maléfiques qui animaient ce miroir ne s'intéressaient plus à sa petite personne. Elles avaient choisi une autre victime : Tracy Van Reed.

Pour cette raison, Kate se sentit investie d'une mission.

TROISIÈME PARTIE

ROSE

CHAPITRE 11

Kate se leva tôt. L'angoisse lui nouait l'estomac. Après avoir enfilé un jean et un épais chandail, la jeune fille descendit téléphoner à la gare routière afin de savoir l'heure du premier autocar pour Abbotsfield. Kate s'était pressée en vain ! Le départ n'aurait pas lieu avant onze heures.

Encore trois heures d'attente... Lorsque Kate se dirigea vers la cuisine, sa mère la félicita.

« Je savais bien que je t'avais entendue ! Tu t'es levée de bonne heure ce matin !

— J'avais envie de visiter Abbotsfield, répondit-elle d'un ton détaché. Mais, il n'y a pas de car avant onze heures. »

Kate ouvrit le réfrigérateur pour se verser un verre de jus d'orange.

« Abbotsfield ? s'exclama Mme Mayfield, étonnée. Où est ce trou perdu ?

— Oh, c'est près d'ici, marmonna Kate. J'aimerais y aller avant qu'il y ait trop de neige et de vent.

— J'espère que tu auras le temps. La météo a annoncé des chutes de neige, aujourd'hui. Mais, dis-moi, pourquoi Abbotsfield ? Je n'en ai jamais entendu parler.

— Un de mes professeurs prétend que c'est un ravissant petit village de la Nouvelle-Angleterre, vieux d'un siècle et beaucoup moins important que Shelter Cove, mentit-elle.

— Moins important que le nôtre ? s'exclama en riant sa mère. Après toutes les villes où nous avons vécu, je craignais que Shelter Cove ne te paraisse exigu. Et voilà que tu vas visiter plus insignifiant encore !

— Ne t'inquiète pas, maman, je serai de retour pour le dîner, rétorqua Kate, évasive.

— Parfait, chérie. »

Mme Mayfield n'ajouta rien et Kate lui en fut reconnaissante.

Les deux heures d'attente s'égrenèrent avec une lenteur désespérante. Jetant un coup d'œil sur la fenêtre, Kate aperçut les premiers flocons. Cette fois, il neigeait beaucoup. Finalement, Kate décida de partir tout de suite. Le ciel était gris et bas. Plutôt que de rester assise à contempler le jardin, mieux valait sortir avant que ses parents le lui interdisent.

Ces derniers étaient au premier étage lorsqu'elle se glissa furtivement dehors. Pour ne pas les inquiéter, la jeune fille avait griffonné un mot sur le bloc-notes du téléphone : *Je serai de retour à six heures. Tendresse. Kate.*

Bien entendu, s'esquiver comme une coupable n'était pas très élégant. Mais, elle devait absolument se rendre aujourd'hui à Abbotsfield. Enroulant son cache-nez autour de son cou, Kate marcha résolument vers l'arrêt du car. Un pressentiment l'avertissait que ce soir, l'énigme du miroir serait résolue.

Sautant d'un pied sur l'autre, Kate attendit avec impatience l'arrivée du car. Après avoir acheté son ticket, soulagée elle prit place à l'intérieur.

« Essayez de rentrer par l'autocar de quatre heures, mademoiselle, l'avertit le contrôleur. Avec ce fichu temps, la route entre ici et Ipswich est tellement mauvaise que plus tard nous risquerions d'être bloqués. »

L'éventualité de ne pas pouvoir revenir à Shelter Cove la désarçonna. Pour un peu, Kate aurait fait demi-tour pour se réfugier dans sa douillette maison. Mais, elle ne bougea pas. Une petite voix intérieure lui soufflait qu'elle devait achever son enquête. Le miroir était nocif, dangereux — Kate en avait été la première victime et maintenant, Tracy était menacée. Personne d'autre ne pouvait agir à sa place.

Peu de monde était monté dans le car. Kate se pelotonna sur son siège et essaya de surmonter sa peur. Qu'est-ce qui l'attendait là-bas ?

Lorsque enfin, le véhicule s'arrêta devant l'auberge d'Abbotsfield, Kate sauta à terre et interpella le conducteur.

« S'il vous plaît, monsieur, pourriez-vous m'indiquer le chemin du cimetière ? »

L'homme, au visage rubicond et bienveillant, lorgna la neige qui tombait en épais flocons, et s'exclama, jovial.

« Vous choisissez un bien vilain jour, mademoiselle, pour aller vous recueillir ! Enfin, suivez cette route. Ce n'est pas très loin. »

Kate le remercia et s'éloigna dans les tourbillons de neige. Pourquoi un rayon de soleil ne perçait-il pas entre ces nuages menaçants ?

Les deux grilles du cimetière étaient ouvertes et les lieux lui parurent déserts et silencieux. Derrière, le vieux village se dressait avec ses horribles briques rouges. Kate aurait beaucoup de mal à le décrire à ses parents comme un site vieillot et charmant !

La jeune fille commença de lire attentivement les inscriptions. Certaines étaient devenues illisibles. Néanmoins, aucune ne parut mentionner le nom des Henley. Découragée, Kate allait repartir lorsque soudain, un monument de marbre isolé sur un monticule attira son attention. Hochant la tête, Kate s'y dirigea. Un instant plus tard, son cœur battait la chamade.

« James Revere Henley, né en 1800 pour nous quitter en 1841 », lut-elle.

Puis, « Amelia Marjorie Henley Clemmens, 1806. Rendue à Dieu en 1841. »

Kate déglutit sa salive, étonnée de constater que ce couple s'en était allé la même année. Toutefois, elle eut beau regarder encore, aucune inscription ne répondait aux initiales *M. R.*

Près de ces deux tombes, celle d'un enfant la stupéfia encore davantage. Adam Henley, né en 1834, était également mort en 1841.

Que signifiait cette véritable hécatombe familiale en 1841 ?

La jeune fille scruta les alentours. Perplexe, elle aperçut soudain une petite stèle de pierre ne ressemblant guère aux autres. De plus, cette tombe lui sembla plus récente.

Kate s'en approcha et à sa grande stupéfaction, elle y lut l'épitaphe suivante : « Maria Rose Henley, née en 1825. Décédée en 1841. Ré-ensevelie sur ce sol de la Paroisse d'Abbotsfield en 1900. »

Ré-ensevelie ? Cela signifiait donc que Maria Rose Henley avait été enterrée ailleurs ? Pour quelle obscure raison ? Cela n'avait aucun sens. Tout à coup, elle tressaillit et se pencha... Là, près de la tombe, à moitié recouvert par la neige... un bouquet de roses rouges et fraîches !

Qui donc, un siècle plus tard, lui avait fait cet hommage ?

Kate prit les fleurs, sa main tremblait. Elle crut entendre une voix de soprano chantant la mélodie qui l'avait tellement hantée, et que désormais, Tracy fredonnait également.

... Roses... roses rouge...

Un vertige la saisit, Kate chancela. Elle laissa retomber le bouquet et porta la main à son front. Cette jeune fille ensevelie là portait le prénom de *Maria Rose...* Etait-ce un voile soulevé sur les paroles de cette chanson, sur les rosiers entrevus dans le miroir, sur leur parfum entêtant dans sa chambre... ?

Kate *devait* savoir. Tournant les talons, elle s'éloigna, traversa le cimetière en direction de la petite église. Sous le porche, contre le mur, un tableau annonçait les sermons de la semaine. Celui de demain évoquerait la “nature du péché”, par le pasteur, Révérend John Parsons.

Kate poussa le portail. Il était terriblement lourd et une maigre lumière filtrait à travers les vitraux. Un faible éclairage électrique achevait de donner à ce lieu une lueur crépusculaire.

L'église était vide.

Après un moment d'hésitation, Kate soupira et sortit. Que faire, dans l'immédiat ? Où puiser des renseignements sur la famille Henley ? Peut-être existait-il des documents les concernant dans la librairie locale ?

La neige tombait de plus en plus serrée lorsque Kate s'engagea dans la rue principale. Manger étant encore le meilleur moyen d'apaiser les angoisses, la jeune fille eut soudain envie d'avaler un grand bol de soupe chaude.

Apercevant l'enseigne lumineuse d'un café, elle s'y dirigea. L'endroit n'était guère luxueux avec ses tables de bois usées et ses chaises cannées en mauvais état. Mais, il y faisait chaud. Kate entrouvrit son manteau, ôta son bonnet et se percha sur un haut tabouret devant le comptoir. Elle se frotta les mains pour se réchauffer.

« Quelle soupe servez-vous aujourd'hui ? demanda-t-elle à la blonde et plantureuse serveuse.

— Poulet et riz ou bien lentilles.

— Alors, poulet, s'il vous plaît. Et puis, un verre de lait. »

La femme disparut dans les cuisines pour revenir peu après, une assiette de soupe fumante. Elle disposa une nappe en papier, un couvert et une serviette, puis lui servit un verre de lait crémeux.

« Pouvez-vous me dire où se trouve la librairie ? s'informa Kate, après avoir avalé son potage jusqu'à la dernière goutte.

— A l'autre bout de la rue principale. Vous verrez, c'est une boutique verte. »

Kate la remercia, paya et laissa un généreux pourboire. Le visage de la serveuse s'illumina.

« Belle journée ! » dit-elle.

Etant donné le temps désastreux, cette exclamation ne manquait pas d'humour.

La rue principale d'Abbotsfield était en rapport avec la taille de la ville minuscule. Kate trouva rapidement la librairie, au rez-de-chaussée d'un ancien hôtel particulier. Un carillon aigrelet résonna lorsqu'elle poussa la porte.

A vrai dire, les rayonnages n'étaient guère attrayants. Les livres voisinaient avec des piles de papiers et l'ensemble n'incitait pas à la lecture ! Par contre, une bonne odeur de café émanait de l'arrière-boutique.

Une femme d'un certain âge en surgit.

« J'ai bien fait de ne pas fermer le magasin, déclara-t-elle. Je me suis doutée qu'une cliente viendrait, ne serait-ce que pour trouver un ouvrage à lire bien au chaud dans son lit. »

Kate sourit, ravie de rencontrer une personne aussi chaleureuse.

« Pour l'instant, répliqua-t-elle, je cherche essentiellement un livre sur l'histoire de cette ville. »

La libraire écarquilla les yeux, amusée.

« Abbotsfield n'a pas un passé vraiment prestigieux. Elle n'a jamais été bien importante, ce qui ne signifie pas qu'elle soit insignifiante. Jadis, la population était surtout agricole l'été, et s'en allait travailler l'hiver dans les usines du Nord. Il y a des gens qui prétendent que cette ville porte malheur ! Mais, vous ne trouverez certainement pas cela dans un livre d'histoire. »

Ces derniers mots lui firent dresser l'oreille.

« Que voulez-vous dire par... *cette ville porte malheur ?* balbutia Kate.

— Je ne sais pas exactement. Pour ne rien vous cacher, je n'écoute pas tellement les ragots. De vieilles rumeurs courent sur une usine de chaussures qui aurait fermé vers 1800... Mais, attendez, je vais jeter un coup d'œil sur la bibliographie existante. »

La libraire s'empara d'un vieux registre poussiéreux et commença de le feuilleter.

« Etes-vous dans ce pays depuis toujours ? lui demanda Kate.

— Pas vraiment, répondit-elle en levant le nez. Nous sommes arrivés ici il y a cinq ans, lorsque mon beau-père nous a légué cette maison. Ayant déjà tenu une librairie, j'ai ouvert celle-ci. Mon mari est à la retraite et collectionne les livres anciens. Come vous pouvez le constater, nous avons surtout des best-sellers mais peu d'ouvrages concernant la région. Toutefois, voici deux livres susceptibles de vous intéresser... Une minute, s'il vous plaît. »

Se dirigeant vers un rayonnage, l'aimable personne en extirpa deux lourds volumes qu'elle tendit à la jeune fille.

« Je vais déjeuner, continua-t-elle. Mais, trouvez un coin pour vous installer et prenez tout votre temps. Si vous avez besoin de quoi que ce soit, appelez-moi. »

Kate la remercia et avisa une table où elle pourrait parcourir ces vieux livres. Ils ne comportaient aucun index, aussi dut-elle vérifier chaque page dans l'espoir d'y trouver une indication concernant Abbotsfield.

Le premier ne lui apporta aucun renseignement sur cette ville, et la jeune fille avait presque fini le second, lorsque tout à coup, elle sursauta.

Abbotsfield n'était pas mentionné, en revanche le nom des Henley était cité dans un court paragraphe. Kate le lut avidement, avec l'impression que ses cheveux se dressaient sur sa tête. Voici ce qu'il disait :

« Bien que cet Etat n'ait jamais fait l'objet d'un scandale exception faite de Salem — un cas mérite d'être cité, concernant le Massachusetts. Au siècle dernier, une certaine Maria Rose Henley, plus connue sous le prénom de ROSE, se livra à la magie noire et fut responsable de la mort de ses parents. A la suite de ses machinations avec le diable, la fabrique de chaussures appartenant à sa famille dut être fermée. Les ouvriers de la région se trouvèrent sans travail. Tous les détails de cette fascinante histoire se trouvent consignés dans *Mystères et drames du Massachusetts,* publié en 1921. »

Follement excitée, Kate eut néanmoins une exclamation de dépit. 1921 ! Il n'y avait aucune chance que ce livre se trouve encore dans cette librairie. Il ne serait pas facile de se le procurer.

Kate agita la clochette que la libraire avait mise à sa disposition et aussitôt la brave femme revint. Comme prévu, elle secoua négativement la tête devant la demande de Kate.

« Non, nous n'avons jamais eu ce livre. En ce qui concerne les vieux volumes, nous ne possédons que ceux abandonnés par les clients.

— Est-ce que, par hasard, vous auriez quelque chose concernant la famille Henley ?

— La famille Henley ? »

Une expression à la fois ennuyée et suspicieuse se peignit sur son visage.

« N'est-ce pas le nom des propriétaires de l'usine de chaussures ? reprit-elle. Dites-moi, seriez-vous venue pour parler de cette malédiction ?

— Non, non, répliqua Kate, précipitamment. D'ailleurs, vous m'avez déjà affirmé que vous ne saviez rien à ce sujet.

— En effet. Tout ce que j'ai appris, c'est que les Henley ont ruiné cette ville. »

Kate essaya de paraître indifférente.

« Ils sont enterrés dans le cimetière, je crois ? »

Son interlocutrice tressaillit. Elle *savait* quelque chose. Pourquoi, cette réticence ?

« C'est exact. Ecoutez, mademoiselle, si vous souhaitez en savoir davantage, vous devriez vous adresser à l'église. Je pense que tous les détails sont consignés dans les registres. Vous devriez parler avec le Révérend Parsons si vous désirez plus de renseignements sur... Rose Henley.

— J'ai déjà essayé, avoua Kate. Mais il n'était pas là.

— Bien sûr ! Pas un samedi, voyons ! Il se trouve au presbytère, à cent mètres de l'église. Vous devriez aller le voir. »

Cette fois, la libraire ne cacha pas son désir de la voir partir. Aussi, Kate s'empressa-t-elle de la remercier et de reboutonner son manteau.

« Vous avez raison, merci beaucoup. »

Kate se dirigea résolument vers la porte, mais la main sur la poignée, elle ne put s'empêcher de se retourner pour demander encore :

« Mais... qu'a-t-elle donc fait, cette Rose Henley ? Le savez-vous ? »

Sans doute exaspérée par tant d'insistance, la femme répondit d'un ton égal :

« Ça, tout le monde ici le sait. Rose Henley a massacré toute sa famille. Voilà *ce qu'elle a fait.* »

CHAPITRE 12

La neige tombait à gros flocons lorsque Kate quitta la librairie. La rue était devenue glissante, mais la jeune fille n'y prêta guère attention. Ses pensées se bousculaient dans sa tête et l'angoisse lui nouait l'estomac.

Pourvu que le Révérend Parsons soit chez lui ! Kate ne pouvait retourner à Shelter Cove avant de connaître toute la vérité sur Maria Rose Henley. Elle devait découvrir quelle sorte de danger menaçait Tracy, maintenant que le miroir se trouvait en sa possession.

Pour se rendre au presbytère, Kate dut passer à nouveau devant le cimetière. Un épais tapis blanc recouvrait déjà les tombes. Se souvenant de cet insolite bouquet de roses déposé sur la tombe de Maria Rose, Kate comprit soudain que ces fleurs avaient aussi une signification : l'esprit de Maria Rose avait un pouvoir sur le miroir... mais également sur Tracy Van Reed.

... *Rose, Rose... rouge comme ma colère...*

Ces mots avaient un double sens. La roseraie était un symbole... Maria Rose et la rose ne faisaient qu'une.

Un tremblement nerveux parcourut la jeune fille. Elle comprit que la rage de Rose avait dû être horrible, meurtrière... L'expression : *voir rouge* prit subitement toute sa signification ! Mais, à vrai dire, le moindre geste de colère n'est-il pas, dans le subconscient, l'abominable souhait de faire disparaître celui ou celle qui en est l'objet ?

Le père, la mère, le petit frère de Rose avaient dû en être les premières victimes. Au travers de la magie noire, Rose était tombée dans le piège ! Les pouvoirs diaboliques s'étaient emparés de son âme et cherchaient maintenant... d'autres victimes.

A une centaine de mètres de l'église, une maison de briques rouges se dressait au bord de la route. Kate souleva le heurtoir et la porte s'ouvrit. Une jeune femme brune au visage avenant se tenait sur le seuil, accompagnée de deux bambins accrochés à sa jupe.

« Entrez vite, dit-elle, après avoir jeté un coup d'œil bienveillant sur l'arrivante. Vous semblez transie ! Ce n'est vraiment pas un jour à mettre le nez dehors.

— Etes-vous Madame Parsons, l'épouse du Révérend ? demanda Kate, nerveuse.

— Oui. Qui êtes-vous ?

— Je m'appelle Kate Mayfield. J'arrive de Shelter Cove et je dois reprendre l'autocar de quatre heures. Mais, auparavant, il me faut absolument voir le pasteur. »

Kate s'exprimait d'un ton haché. Qu'allait penser cette femme ?

Le visage de Mme Parsons garda une expression calme et sereine. Apparemment, elle était habituée à recevoir des paroissiens en proie à des problèmes.

« Bien sûr, répondit-elle doucement. John est dans son bureau, il prépare son sermon de demain. Voulez-vous vous asseoir dans le living et ôter votre manteau ? Je vais lui dire que vous l'attendez. »

Puis, effleurant gentiment le bras de Kate, Mme Parsons ajouta :

« Rassurez-vous. Rien n'est jamais aussi terrible qu'on le croit. »

Malheureusement, songea Kate, il s'agissait de faits, à la fois cruels et véridiques. Comment pourrait-elle convaincre le Révérend Parsons de les lui raconter ? Sans doute, le pasteur d'Abbotsfield hésiterait-il à évoquer un tel scandale ayant eu lieu dans sa paroisse. Même si ces événements dataient d'un siècle et demi !

Après s'être vainement creusé la cervelle pour trouver divers prétextes à lui fournir, Kate jugea qu'aucun d'eux n'était valable. Si elle souhaitait attendrir le Révérend Parsons, mieux valait lui avouer la vérité.

Mme Parsons revint dans la pièce, une tasse de thé bouillant à la main.

« Buvez cela, lui dit-elle. Vous me semblez gelée, jusqu'aux os. »

Lorsque la jeune fille eut terminé, Mme Parsons

la conduisit dans le bureau de son mari, puis l'y laissa.

Un homme aux traits juvéniles et aux cheveux roux était assis derrière sa table de travail. Il avait un visage ouvert et Kate lut une telle compréhension dans ses yeux clairs, qu'elle décida de lui faire confiance.

Elle lui exposa la situation le plus clairement possible. Elle lui raconta les changements qui s'étaient opérés en elle, lorsque le miroir était en sa possession, puis la façon dont à son tour, Tracy avait changé.

Le jeune pasteur l'écouta sans l'interrompre.

« Je sais, ajouta Kate, que cette histoire peut vous paraître incroyable. Pourtant, je vous jure que c'est la vérité. Je suis sûre qu'un pouvoir diabolique anime ce miroir et que Tracy est tombée sous son emprise. De plus, je me sens responsable... Je dois faire quelque chose ! Mais, comment ? J'ignore... par quel moyen Rose opère au travers de cet objet ! »

Quand elle eut fini de parler, le Révérend Parsons secoua la tête, dubitatif.

« Rose Henley, murmura-t-il lentement. En effet, les gens l'accusent souvent d'avoir terrorisé cette ville et d'être la cause des temps difficiles. »

Il baissa les yeux sur les notes rédigées pour son sermon et, relevant la tête, il repoussa ses papiers. Posant un regard franc sur sa visiteuse, il reprit :

« Oui, votre récit peut sembler farfelu, mais cela ne signifie pas que je doute de vos paroles. Voyez-vous, il ne suffit pas de rester assis là, à rédiger un sermon sur le péché. Le mal et le diable, qui en est l'instigateur, se rencontrent plus souvent que le bien. Hélas ! il semblerait que Shakespeare ait eu raison. Les hommes peuvent devenir la proie du démon, et en ce cas précis, cette jeune fille de seize ans a certainement été possédée par Satan.

— Ainsi, vous savez... ? souffla Kate, éperdue. Vous savez ce qui lui est arrivé ?

— Oh oui, je sais. Je me suis établi dans cette paroisse en connaissance de cause. J'ai pris la succession de mon père, de mon grand-père et même de mon arrière-grand-père. Celui-ci était pasteur à Abbotsfield l'année même où l'église fut construite. Il a bien connu James Revere Henley et tous ces jeunes qui n'avaient qu'une hâte : aller travailler à Boston. Maria Rose Henley était alors une innocente enfant. »

Le Révérend Parsons se leva et se dirigea vers le placard. Il revint en tenant un livre relié.

« Un de mes passe-temps favori, continua-t-il, a été de recopier toutes les notes laissées par mes ancêtres. Je l'ai fait tant pour comprendre leur façon de vivre et connaître leur forme de pensée, que pour découvrir l'histoire d'Abbotsfield. C'est un peu leur arbre généalogique. »

Il s'interrompit, un sourire modeste sur les lèvres.

« J'espère ne pas vous paraître trop pompeux. Néanmoins, un de ces documents, écrit par mon arrière-grand-père, concerne la famille Henley. Il a été rédigé en 1842 et toute cette épouvantable histoire y est consignée. Voulez-vous que je vous le lise ? »

Incapable de répondre, Kate inclina la tête. Sa

curiosité était telle, qu'elle en oublia même l'autocar de quatre heures ! Plus rien n'avait d'importance, hormis les pouvoirs de ce miroir et les atrocités commises par une adolescente, un siècle plus tôt.

Le Révérend Parsons se racla la gorge avant de commencer.

CHAPITRE 13

Les yeux rivés sur le Révérend Parsons, le cœur battant à tout rompre, Kate s'immobilisa pour écouter ce bouleversant témoignage.

« Moi, Jérémiah Parsons, pasteur de l'Eglise Méthodiste d'Abbotsfield, Massachusetts, crois en mon devoir de relater les faits qui se sont déroulés le 3 décembre 1841, donnant lieu à une épouvantable tragédie. »

Le Révérend Parsons marqua une pause.

« Je vous passe les détails concernant la vie à Abbotsfield. Ils ne sont d'aucun intérêt pour vous. »

Il tourna une page, puis deux avant de continuer.

« Comme vous le savez, la famille de James et Amelia Henley faisait partie de la haute bourgeoisie dans notre petit village isolé. Dans leur imposante propriété appelée *Oakhurst*, ils recevaient une brillante société venant du Vermont ou du Sud de la Pennsylvanie. C'était un grand honneur que d'être invité à l'une des nombreuses soirées qu'ils offraient dans cette maison.

Maria Rose était alors une jolie petite fille, brune comme son père, enjouée et spirituelle comme sa mère. Elle était néanmoins un peu mystérieuse et sujette à de fréquentes sautes d'humeur. Tout le monde s'accordait à dire qu'elle avait surtout besoin de la compagnie d'enfants de son âge. Malheureusement, par orgueil, ses parents lui interdisaient de jouer avec les gamins d'Abbotsfield. Jusqu'à l'âge de douze ans, la petite Maria Rose fut élevée par une gouvernante. Ensuite, ce fut sa mère qui lui enseigna la musique, la littérature et les travaux féminins.

Contrairement à Mme Henley, Rose adorait la lecture et cela, depuis qu'elle avait appris à assembler les mots. La bibliothèque de son père lui fournit une quantité d'ouvrages et Rose ne tarda pas à étonner son entourage par sa culture et son intelligence.

Il est indiscutable que c'est dans le bureau de son père que Rose découvrit un livre de magie. Ainsi, apprit-elle toutes les façons de faire intervenir le diable et d'obtenir des pouvoirs. Malheureusement, l'infortunée enfant ignorait que ces manipulations pouvaient se retourner contre elle. Elle en fut donc la première victime. »

Le Révérend Parsons s'interrompit à nouveau et leva les yeux vers la jeune fille.

« Je ne vous choque pas ? Je pense que vous vous doutiez déjà de tout cela, n'est-ce pas ? »

Kate avala sa salive.

« Oui, c'est vrai. Mais, j'espérais m'être trompée.

— Cela eût été préférable pour les pauvres parents de Rose. Mais, je continue. »

Eclaircissant sa voix, il reprit sa lecture.

« Qui aurait pu supposer que ces descriptions de messes noires, ces histoires de sorcières pouvaient attirer sur Rose, comme sur n'importe quelle autre fille de son âge, des esprits malveillants ? L'enfant était de surcroît solitaire, curieuse, encline à n'aimer que les choses défendues.

Rose avait quatorze ans lorsque son père, un homme fier et impassible, vint pourtant me trouver. Il m'avoua que sa fille subissait d'étranges changements. Elle était, disait-il, persuadée d'avoir été choisie par Lucifer et se prenait pour une sorcière. M. Henley s'inquiétait, ne sachant si Rose était victime de son imagination ou bien si elle révélait la vérité. C'est la raison pour laquelle il me demanda mon avis.

Combien de fois me suis-je, moi, posé la même question ? Avais-je tort de prêter foi aux rumeurs qui couraient sur *Oakhurst ?* Ou bien, d'horribles faits irrationnels s'y déroulaient-ils vraiment ? En mon âme et conscience, je ne pouvais leur refuser mon aide.

Tout d'abord, je dis à M. Henley que Rose était une fille révoltée et difficile, mais que je ne la croyais pas foncièrement mauvaise.

Je lui conseillai de l'entourer d'affection et de tendresse et surtout de la laisser voir des enfants de son âge. Si Henley avait écouté ce conseil, rien ne serait probablement arrivé, car il n'y a rien de tel qu'un jeune pour en comprendre un autre. Ce n'est que plus tard que j'appris qu'Henley n'était pas homme à accepter la désobéissance. Au lieu d'essayer de raisonner Rosa et de discuter avec elle, il lui imposa les plus dures punitions dans l'espoir de la mater. Pas une seconde, Henley n'envisagea que sa fille puisse être possédée par des esprits mauvais ou atteinte d'une maladie mentale.

Mme Howes, la femme de chambre, comença à colporter d'étranges rumeurs sur la maison des Henley. Rose, disait-elle, demeurait enfermée pendant des heures dans sa chambre et lorsqu'elle en sortait, son attitude était à la fois étrange et inquiétante. Cette domestique la surprit également devant sa glace. La jeune fille semblait entretenir des conversations entières avec son miroir tout en chantant une chanson aux paroles insensées... Parfois, Rose éclatait d'un rire démentiel jusqu'à ce que les larmes coulent sur ses joues. »

« Le miroir... » répéta lentement le Révérend Parsons.

Kate acquiesça, impatiente d'entendre le reste du récit.

« S'il vous plaît, continuez... »

Le Révérend Parsons se pencha derechef sur son livre.

« Les gens n'accordèrent guère de crédit aux racontars de Mme Howes. Par contre, ils chuchotaient que les Henley devraient élever leur fille autrement. N'étaient-ils pas les habitants les plus raffinés d'Abbotsfield ? Vraiment, ils ne se conduisaient pas comme tels. Adam, le jeune frère de Rose, ne tarda pas à être écarté de sa sœur. On le voyait jouer seul sur la véranda, sous l'œil vigilant de sa mère.

Un jour où je rencontrai James Henley dans la grande rue, au mois d'octobre de cette même année 1841, je lui demandai des nouvelles de Rose. Comme j'insistais sur ses prétendues hallucinations, M. Henley d'un ton offusqué m'ordonna presque de me mêler de mes affaires et il ajouta que l'avenir le regardait.

En effet, l'avenir fut inattendu et tragique.

Le 3 décembre 1841, Peter et Mary Bartlett, leurs plus proches voisins vinrent rendre visite aux Henley à l'improviste. La neige tombait et lorsqu'ils descendirent de leur carriole, il leur sembla que la maison était étrangement silencieuse.

Après avoir agité plusieurs fois la cloche de la porte d'entrée, Peter et Mary finirent par s'étonner que la domestique ne vienne pas leur ouvrir. Pourtant, toutes les fenêtres étaient éclairées.

Ils allaient s'en retourner chez eux, lorsque soudain, un cri de terreur résonna dans la maison. Ils se ruèrent sur la porte. Celle-ci était fermée à double tour.

Alors, sans plus attendre, ils partirent chercher de l'aide et revinrent avec quatre fermiers grands et costauds. Les lourds battants de chêne furent enfoncés et ils s'engouffrèrent dans la villa.

Le rez-de-chaussée était vide. Affolés, ils gravirent l'escalier et s'arrêtèrent, horrifiés : James et Amélia Henley ainsi que leur domestique gisaient sur le palier. Ils étaient bel et bien passés de vie à trépas ! Les Bartlett parcoururent toutes les pièces et découvrirent le jeune Adam qui avait subi le même sort.

Un gémissement leur parvint de dessous les combles. Quand ils atteignirent le dernier étage, Rose surgit devant eux. Elle se trouvait dans une petite chambre de bonne, à peine éclairée et poussiéreuse. Ils comprirent que c'était là que la jeune fille avait été emprisonnée par ses parents.

Dans le dessein de lui faire renier ses récits extravagants avec le diable et oublier ses pratiques de sorcière, James et Amelia l'avaient tout simplement cloîtrée.

Profitant d'une négligence de leur part, Rose avait dû s'échapper pour commettre ses forfaits.

Lorsque Rose les vit arriver, elle recula dans un coin et demeura prostrée. Vêtue d'une longue chemise de nuit, les cheveux emmêlés, le visage pâle, le regard fixe, la jolie héritière de *Oakhurst* était méconnaissable.

Pourquoi ses parents n'avaient-ils pas pris la précaution de l'écouter et surtout de l'avertir des dangers de la magie noire ? Pourquoi avaient-ils refusé d'admettre que toute pensée mauvaise émet des ondes maléfiques, telle la colère, et que le diable s'en mêle alors !

Tout à coup, Rose s'approcha d'un miroir et se mit à lui sourire. Une étrange chanson sortit de ses lévres. Avant que quiconque puisse intervenir, elle bondit soudain vers la lampe à huile et la jeta violemment sur le plancher. Quelques secondes plus tard, un terrible incendie dévastait la maison. Rose s'enfuit alors dans ce brasier et personne ne put la sauver.

Peter et Mary Bartlett, ainsi que les quatre hommes eurent la vie sauve, mais dans les décombres, on ne retrouva que le miroir intact !

On ne sut jamais ce qu'il advint de cet objet, par la suite. »

Un silence pesant s'ensuivit. Avec un soupir, le Révérend Parsons murmura :

« Quelqu'un l'aura probablement vendu à M. Jenkins, à qui vous l'avez acheté. »

Kate hocha la tête, horrifiée par ce récit.

« Et Rose... ? demanda-t-elle, d'une voix étranglée.

— Tout d'abord, considérée comme une sorcière, elle fut ensevelie hors du cimetière. Plus tard, comme on doutait encore de la véracité de cette histoire, il fut décidé de l'inhumer dans le cimetière d'Abbotsfield.

— Oh non... gémit Kate. Tout cela est trop affreux. Mais, comment expliquer les pouvoirs de ce maudit miroir ? Avait-il emprisonné son âme ?

— Peut-être, répondit le Révérend Parsons. A force d'être témoin de ses pratiques de magie noire, ce miroir avait dû finir par capter les ondes mauvaises de ses pensées. Elles y sont toujours. Et comme l'âme est immortelle, celle de Rose hante encore cet objet maléfique. »

Pendant un moment, tous deux demeurèrent silencieux. Puis, secouant la tête, le Révérend Parsons reprit :

« Sans doute ne saurons-nous jamais ce qui s'est exactement passé, Kate. Mais une chose semble certaine : l'esprit de Rose Henley se trouve toujours dans ce miroir. Quelque part, dans un monde invisible, Rose continue de vivre avec ses pensées mauvaises et elle attend...

— Qu'attend-elle ?

— Quelque chose ou quelqu'un dont elle a besoin, murmura doucement le pasteur.

— Un esprit disposé à l'écouter ? » souffla Kate, incrédule.

Pourtant, la jeune fille savait qu'elle disait vrai. Elle-même avait failli tomber dans le piège que lui avait tendu Rose.

« Oui. Peut-être une fille du même âge qu'elle, une adolescente que Rose serait capable de contrôler afin qu'elle lui obéisse.

— Mais... pourquoi ?

— Parce que Rose est toujours habitée par la colère et qu'elle ne parvient pas à s'en dégager pour s'élever dans un monde meilleur. Vous lui avez résisté, Kate, parce que le mal n'a pas de prise sur vous. Mais, ce n'est pas pour autant que l'esprit de Rose est libéré de toute cette haine. »

Kate ne répondit pas et se mit à réfléchir. Elle se souvint de ses cauchemaras et de ses accès de violence. Elle était trop équilibrée pour céder à l'emprise de Rose. Mais Tracy... ? Tracy n'éprouvait-elle pas une fascination pour la sorcellerie ? Elle aussi menait une existence solitaire. Tracy ressemblait terriblement à Rose. Ses parents étaient riches mais ne cherchaient pas à la comprendre.

En fait, Tracy était la médium idéale pour communiquer avec Rose.

Contrairement à Kate, Tracy ne demandait qu'à écouter les conseils de vengeance de Rose. Elle aussi croyait sans doute avoir trouvé une alliée. Et puis, le caractère hautain, égoïste, peu généreux de Tracy correspondait tout à fait avec ce que recherchait Rose Henley. Peut-être Rose avait-elle soufflé à Tracy de voler ce miroir, pour arriver à ses fins ?

Au lieu d'aider Rose à se délivrer du mal et à s'élever dans des sphères lumineuses, Tracy en serait victime, elle aussi !

« Tracy... murmura-t-elle, angoissée. Ne court-elle pas un terrible danger ? »

Le pasteur hocha la tête et déclara gravement sans la moindre hésitation.

« Si ce que nous craignons est exact, oui, Tracy est en péril. Un affreux péril. »

Kate se mit à trembler.

« Dans ce cas, je dois vite retourner à Shelter Cove et, surtout, ne pas manquer mon autocar ! » s'écria-t-elle.

Elle se leva si brusquement que le Révérend Parsons posa sa main sur son bras pour refréner son impatience.

« Allons, du calme, mon enfant ! Vous n'allez pas repartir par une telle tempête. Il nous faut garder la tête froide si nous voulons réussir. »

A contrecœur, Kate se laissa retomber sur sa chaise.

« Je vous en prie, bégaya-t-elle, je dois aller voir Tracy tout de suite. »

Le Révérend Parsons lui adressa un sourire rassurant.

« Voyons, Kate, voici des années que Rose Henley attend. Croyez-vous vraiment qu'elle ne puisse patienter encore un peu ? »

Mais Kate savait de quoi elle parlait ! D'une voix perçante, elle cria.

« Non, oh non ! Rose ne peut plus attendre. Regardez votre calendrier ! »

Les traits du pasteur s'affaissèrent tandis qu'il jetait un coup d'œil sur son agenda. Son visage devint livide et lorsqu'il releva les yeux, il gémit.

« Dieu ! Vous avez raison. Nous sommes aujourd'hui le 3 décembre. »

Kate opina du menton et une lueur terrifiée traversa ses prunelles.

« Oui... souffla-t-elle. C'est l'anniversaire de ce jour où Rose a exterminé les siens. C'est par une nuit semblable qu'elle s'est laissé submerger par la colère... »

CHAPITRE 14

Kate devint presque hystérique lorsque le Révérend Parsons lui fit remarquer qu'il était déjà trois heures et demie.

« Oh non ! Ce n'est pas possible ! gémit-elle, bouleversée. Qu'arrivera-t-il si je manque l'autocar ? Le conducteur m'a prévenue qu'il n'y en aurait pas d'autre tant que la tempête sévirait.

— Peut-être pourriez-vous appeler quelqu'un ? suggéra-t-il. Les parents de Tracy ou bien les vôtres ? Expliquez-leur par téléphone et restez ici jusqu'à ce que le temps s'améliore. »

Kate secoua la tête. Elle s'était levée et se trouvait déjà près de la porte.

« Non, c'est très aimable de votre part, mais je ne peux pas. On ne me prendrait pas au sérieux ! Vous-même, en dépit de votre compréhension et de tout ce que vous savez sur le bien, le mal et le pouvoir des esprits, vous m'avez avoué que mon histoire pouvait paraître farfelue ! »

Kate serra nerveusement les poings. Tous ses muscles étaient tendus.

« Non, continua-t-elle, je crois être la seule à pouvoir aider Tracy. Puisqu'elle m'a volé ce miroir, elle sera plus accessible à mes révélations. Tracy m'écoutera sans doute et je parviendrai à la convaincre de le détruire. Qui sait d'ailleurs ce qui se produirait si quelqu'un d'autre intervenait ?

— Oui, je comprends, répliqua gravement le pasteur. Toutefois, moi aussi, j'ai ma part de responsabilité. Puis-je vous laisser courir tous les risques ? Je devrais vous conduire à Shelter Cove. Ainsi, vous ne seriez pas toute seule. »

Le Révérend Parsons se leva.

« Laissez-moi prévenir ma femme que je serai de retour dans quelques heures, reprit-il d'un ton ferme. Je vais sortir la voiture du garage et je vous ramène chez vous. »

Kate le remercia et s'approcha de la fenêtre. En effet, quelques minutes plus tard, le pasteur s'engageait dans l'allée en direction de sa voiture. La jeune fille l'entendit mettre le moteur en route, mais après quelques toussotements, il s'arrêta. Alors, la panique s'empara d'elle. Qu'adviendrait-il si l'auto tombait en panne ? Le car n'allait sûrement pas l'attendre !

Il n'y avait plus une seconde à perdre. Sans réfléchir davantage, Kate ouvrit la porte et sortit.

Elle ne pouvait prendre le risque de retarder son retour. Le Révérend Parsons lui interdirait peut-être de rentrer seule à Shelter Cove ! Kate était l'unique responsable : elle connaissait le pouvoir que recelait le miroir, la force de Rose, l'influence des cauchemars !

La jeune fille se retrouva dans la tempête de neige et la rue déserte. En se retournant, elle aperçut le Révérend Parsons, toujours debout devant sa voiture. Il avait un air perplexe et ennuyé. De toute évidence, son moteur refusait de lui obéir !

Prenant ses jambes à son cou, glissant sur la chaussée enneigée, Kate atteignit l'arrêt du car au moment où le dernier passager montait dans le lourd véhicule. D'un bond, elle sauta sur le marche-pied. Elle tendit au conducteur son billet de retour et se laissa ensuite tomber sur un siège. Son cœur battait la chamade, sa tête lui semblait sur le point d'exploser.

A peine le car s'ébranla-t-il que les horribles visions de Rose exterminant les siens lui brouillèrent la vue. La vérité était pire que la plus affreuse histoire de fantôme...

A la lumière des révélations du Révérend Parsons, bien des détails lui parurent évidents. Ce sombre visage entrevu dans le miroir était celui de Rose Henley. Elle-même, en chantonnant cette sinistre mélodie, avait certainement pris la voix de Rose...

Kate se sentit glacée jusqu'aux os, en comprenant qu'elle avait eu à faire à une force... invisible ! Bien sûr, elle avait été élevée dans la certitude de la survie et de l'immortalité de l'âme. Mais entre cette espérance spirituelle et les preuves formelles de la vie éternelle... il y avait un monde !

Dans l'immédiat, comment parviendrait-elle à dominer les instincts mauvais de l'esprit de Rose ? L'âme de Rose n'avait pas trouvé la paix, et Kate se demanda si Tracy et elle la retrouveraient jamais !

Perdue dans ses pensées, Kate n'aperçut même pas la haute silhouette de son père qui l'attendait à l'arrêt du car à Shelter Cove.

L'exclamation furibonde de M. Mayfield la fit sursauter.

« Enfin, te voilà ! Je t'ai attendue jusqu'à ce dernier car, mais si tu n'y avais pas été, ta mère et moi étions décidés à avertir la police. Nous nous sommes fait un sang d'encre ! »

L'inquiétude de M. Mayfield se lisait sur son visage.

« Je suis désolée, papa. Je sais... J'aurais dû vous téléphoner... Mais, je n'ai pas réussi à dénicher une cabine.

— C'est bon. N'en parlons plus et rentrons vite à la maison. Cette fichue tempête de neige n'est pas près de s'apaiser. »

Kate se mordit les lèvres.

« Ecoute, papa, je dois m'arrêter chez Tracy. Je n'en ai que pour une minute. C'est indispensable ! »

En dépit de l'anxiété peinte sur le visage de sa fille, M. Mayfield fronça les sourcils et grommela avec humeur :

« La seule chose *indispensable* est de regagner la maison avant que ta mère perde la raison. »

Et, comme elle ne semblait guère disposée à le suivre, il l'entraîna par le bras.

« Allons viens, mon chou. Ta mère s'est arraché

les cheveux tout l'après-midi et il n'y a rien que tu ne puisses dire à Tracy par téléphone. »

Kate s'enferma dans un silence boudeur tandis qu'elle montait en voiture. Tout en comprenant les arguments de son père, elle savait aussi qu'il lui serait difficile de s'expliquer au téléphone !

La jeune fille fut sur le point de tout avouer à M. Mayfield. Puis, elle se ravisa. Il allait la prendre pour une folle. Et, même s'il la croyait, que pourrait-il faire ? Ses pensées se bousculèrent, l'affolement la gagna. Impossible de raisonner calmement. Pour un peu, Kate eût aimé pouvoir se dédoubler !

Mais, un sentiment de pitié l'envahit. Son père aussi s'était inquiété à son sujet. Cela se lisait encore sur son visage.

Lorsque la voiture s'arrêta devant leur maison, Mme Mayfield sortit sur le pas de la porte. Soulagée, elle serra sa fille dans ses bras.

« Je vais prendre un bain avant de redescendre t'aider pour le dîner, dit-elle, tout en priant pour que son coup de fil passe inaperçu. »

Après avoir gravi l'escalier quatre à quatre, Kate décrocha l'appareil situé sur le palier et composa le numéro des Van Reed. Sa main tremblait et elle s'attendait au pire. Aussi, Kate n'en crut pas ses oreilles en entendant la voix chaude et paisible de la femme de ménage.

« Allô ? Ici, la maison des Van Reed. Qui demandez-vous ?

— Oh... bonsoir, madame Stout. C'est Kate Mayfield... Tracy est-elle là, je vous prie ?

— Non. Il n'y a personne, mademoiselle Kate.

Ils sont allés dîner chez un des vice-présidents de Monsieur Van Reed, je crois. Ils sont partis de bonne heure pour rentrer un peu plus tôt, à cause de ce mauvais temps.

— Oui, je comprends... balbutia Kate. Je rappellerai plus tard.

— Entendu. Après neuf heures, vous aurez une chance de trouver Mademoiselle Tracy. »

Un peu soulagée, Kate se laissa tomber sur son lit. Peut-être s'était-elle affolée trop tôt ? Mme Stout lui avait paru tout à fait sereine. Un rire nerveux lui échappa. Dans l'espoir d'éviter une horrible catastrophe, Kate était rentrée comme une folle d'Abbotsfield pour... s'entendre dire que la famille Van Reed dînait paisiblement chez des amis ! Si rien de spécial n'intervenait, Tracy passerait une agréable soirée avec les siens !

Riant toujours nerveusement, Kate se rendit dans la salle de bain. L'eau chaude acheva de la détendre et progressivement les muscles de son cou et de son dos devinrent moins douloureux.

Maintenant, il n'y avait rien à faire avant neuf heures. Kate pouvait sans remords aider sa mère à la cuisine.

Certes, ses découvertes de l'après-midi la terrorisaient encore. Mais, tout était si calme, si sain et si douillet dans la vieille maison, que peu à peu cette histoire lui parut plus lointaine... La tempête faisait rage au dehors. Il était vraiment difficile de croire qu'une jeune fille, morte un siècle et demi plus tôt, continuait à pactiser avec le diable.

Pourtant, en ce soir du 3 décembre, Kate devait

mettre toutes les chances de son côté, afin qu'aucune catastrophe ne surgisse cette nuit.

Exceptionnellement, la famille dîna face à la télévision. L'Université d'UCLA disputait un match de football contre une équipe de Washington. Bien entendu, Joey commentait la partie.

Kate en fut soulagée. Ce match providentiel distrayait l'attention des siens et personne ne lui posa de questions sur son après-midi passé à Abbotsfield. La jeune fille eût été bien en peine de leur fournir des explications sur son emploi du temps !

Au-dehors, la neige continuait de tomber. Un épais tapis blanc recouvrait maintenant le jardin et les toits. Pleine d'espoir, Kate songea que les Van Reed accepteraient peut-être l'hospitalité de leurs hôtes, afin de ne pas avoir à affronter cette tempête. Ainsi, Tracy se trouverait séparée de son miroir et donc, en sécurité.

Le repas s'acheva et comme les Mayfield avaient dîné plus tôt que de coutume, Kate les pria de bien vouloir l'excuser, mais elle avait du travail à terminer.

Lorsque la jeune fille regagna sa chambre, il n'était que sept heures un quart... Encore un peu moins de deux heures à attendre, avant que Tracy rentre chez elle.

Pour s'occuper l'esprit, Kate s'installa devant son bureau et ouvrit son cahier de textes. Elle n'arrivait pas à se concentrer. Sans cesse, la vision d'une adolescente vêtue d'une longue chemise de nuit et animée d'une fureur démentielle s'imposait à elle.

Les mots ne tardèrent pas à danser devant ses

yeux et Kate referma son livre. Comment la colère et la rancune d'une jeune fille, presque encore une enfant, avaient-elles pu la conduire à commettre un tel forfait ? L'entité de Rose Henley s'était ensuite glissée dans le miroir pour perpétuer sa vengeance. Jadis, Rose avait éveillé l'esprit du mal et elle en avait été l'instrument.

Kate se leva. Pour tuer le temps, elle sortit tous ses vêtements de son placard afin d'y mettre de l'ordre. Ensuite, elle gagna la salle de bain et lava quelques paires de chaussettes.

Ces petits travaux ménagers achevés, Kate s'empara d'un pot de crème pour l'étaler sur sa figure. La glace lui renvoya son reflet et Kate se souvint de ce premier jour où, revenant de chez M. Jenkins, elle avait tant pleuré en observant son visage.

De nouveau, Kate se contempla. Un imperceptible changement s'était produit sur sa personne. Bien sûr, ses cheveux blonds et soyeux tombaient toujours sur ses épaules en une coiffure un peu banale. Ses traits arrondis et son nez retroussé n'avaient rien de bien original. Cependant, elle se sentit différente.

Peut-être était-ce l'expression de ses yeux ? Des petites paillettes d'or éclairaient son regard brun, mais la lueur innocente en avait disparu.

Elle s'approcha de la glace. Oui, cette lueur naïve ne reviendrait jamais. Kate avait grandi. Cette terrible aventure l'avait mûrie. Après avoir fait l'apprentissage de la peur, de l'impuissance, du doute et du dégoût, la jeune fille comprit qu'elle était devenue plus mature et plus sage.

Cette expérience lui avait permis de découvrir le

libre arbitre dont chacun dispose, avec la possibilité d'opter pour le bien ou pour le mal.

La colère pouvait devenir meurtrière. Mais encore faillait-il savoir discerner l'instant tragique où la violence n'est plus contenue. Ne pas franchir cette frontière où l'homme redevient une bête.

Certes, la sorcellerie avait conduit Rose Henley sur les pentes de la folie. Mais, surtout elle n'avait pas su y résister.

Par ailleurs, Kate comprenait que chaque pensée mauvaise créait une onde négative et maléfique qui irradiait l'entourage. Ces vibrations empoisonnaient l'atmosphère et se montraient plus contagieuses que tous les microbes du monde !

De retour dans sa chambre, Kate se jeta sur son lit pour feuilleter un magazine. A vrai dire, elle ne regarda que les illustrations, incapable de s'intéresser vraiment à un article.

Finalement, un peu après huit heures et demie, la jeune fille descendit l'escalier et se rendit à la cuisine pour boire un verre de Coca-Cola.

Ses parents et Joey se trouvaient encore dans le living. Elle entendit leurs voix et les protestations de son frère.

« Fonzie ! grondait Joey à l'adresse de son chien, enlève tes pattes de mes hôtels ! »

Kate en déduisit que les siens faisaient une partie de Monopoly. Cette ambiance familiale et familière la rassura.

Elle poussa un soupir puis remonta au premier étage pour téléphoner aux Van Reed.

CHAPITRE 15

La sonnerie du téléphone retentit brièvement chez les Van Reed et cette fois, ce fut Tracy en personne qui décrocha l'appareil. En entendant la voix calme et posée de sa camarade, Kate se demanda à nouveau si elle ne s'était pas affolée en vain.

« Salut, Tracy ! lança-t-elle de la façon la plus détachée possible. Je t'ai déjà appelée mais tu étais sortie.

— En effet, nous avons été manger un rôti brûlé chez des gens assommants ! »

Et avec une once d'ironie, elle ajouta :

« Le vrai petit bonheur familial, tu vois ! »

Kate hésita, ne sachant par où commencer.

« Bon... Dis-moi, tout va bien ?

— Oui, bien entendu ! répliqua Tracy subitement irritée. Tu veux parler du temps ou quoi ?

— Non... Ce n'est pas ça... »

Kate s'interrompit, anxieuse.

« Je... Je m'inquiétais à cause du miroir », lâcha-t-elle enfin.

Il y eut un silence pesant durant lequel Kate devina parfaitement les pensées tumulteuses de son interlocutrice.

« Quel miroir ? siffla enfin Tracy. De quoi parles-tu, Kate ? Je ne comprends pas. »

Tracy était sur ses gardes. Kate hésita une seconde, puis décidée à en finir une fois pour toutes, elle jeta courageusement :

« Tu comprends très bien au contraire. Tracy, écoute-moi, je sais qu'il est en ta possession et le problème n'est pas là. Mais, il y a quelque chose de terrible concernant ce miroir. Il faut que tu le détruises ! Tu m'entends ? *Il faut que tu le détruises*, c'est le diable, Tracy ! Tu le sais, n'est-ce pas ? »

Kate s'interrompit, oppressée. Ses doigts se crispèrent sur l'appareil. Il était terrible de ne pas voir l'expression de sa camarade. Un sentiment d'impuissance l'envahit.

A l'autre bout du fil, un petit rire impertinent accueillit sa déclaration. D'une voix suave, Tracy murmura lentement :

« En effet, pourquoi ne le saurais-je pas, Kate ? Quelle naïveté ! Comment pourrais-je l'ignorer ? »

En vain, Kate chercha les mots pour la convaincre. D'un seul coup, la colère de Tracy explosa dans l'appareil.

« Tu es vraiment stupide, ma pauvre Kate ! Toi et tous les autres jeunes crétins de cette ville ! Heureusement, je n'ai plus besoin de vous, désormais ! J'ai une nouvelle amie, Kate, une bien meilleure amie ! Quand elle vient me voir, elle ne se contente pas de s'asseoir dans ma chambre pour me raconter des inepties. »

Tracy s'interrompit afin de reprendre son souffle et vociféra :

« Tu sais ce qu'elle fait ? Elle m'apprend plein de secrets. »

Kate sentit son sang se glacer dans ses veines et elle balbutia :

« Non, Tracy ! Ecoute-moi, je t'en prie ! Détruis immédiatement ce miroir ! Tu cours un risque énorme ! Tu dois me croire, je t'expliquerai plus tard ! »

Horrifiée, Kate eut alors l'impression que Tracy éloignait un peu l'appareil de son oreille, comme pour se tourner vers quelqu'un d'autre. Puis, sa voix devint brusquement plus lointaine et elle ricana.

« Tu entends cela, Rose ? Kate Mayfield pense que nous ne devrions pas être amies, toutes les deux ! Elle trouve que tu as une mauvaise influence sur moi. Qu'as-tu à répondre à ces sornettes ? »

Il y eut un nouveau silence angoissant et Kate sentit ses cheveux se dresser sur sa tête. Non... ce n'était pas possible... !

Pourtant, une voix pointue qui n'était plus celle de Tracy résonna dans l'appareil.

« Venge-toi... Venge-toi... Les roses vont t'aider... »

Ces paroles furent accompagnées d'un rire aigu et Tracy raccrocha brutalement.

En tremblant, Kate reposa l'écouteur. Ses prévisions se révélaient exactes. Tracy était bel et bien en compagnie de Rose...

Maintenant, il n'y avait plus qu'une chose à faire. Kate n'avait pas le choix. Se précipitant au rez-de-chaussée, elle fit irruption dans le salon. Par bonheur, Joey était remonté dans sa chambre. Ses parents levèrent sur elle un regard étonné.

« Voyons, mon chou, que se passe-t-il ? commença son père. Voici un moment que tu nous parais troublée, tu aurais dû venir nous parler plus tôt ! »

Un bref soulagement envahit la jeune fille. Tout compte fait, ses parents risquaient de la croire.

« Je voulais le faire... Mais j'avais peur que vous ne me preniez pour une dingue...

— Mais non, ma chérie. Rien n'est stupide. Actuellement, il y a des tas de gens qui sont angoissés par une vie trépidante, un travail harassant, un environnement différent. Ils ont alors des idées bizarres. Mais cela ne signifie pas pour autant qu'ils soient... dingues ! »

Kate serra les dents. Elle s'était fait des illusions ! Jamais son père ne la croirait. Il était bien trop rationnel et matérialiste ! A quoi bon lui raconter ce drame ?

« Tu te trompes, papa ! Je n'ai pas de fantasmes ! Rien ne vient de mon imagination et vous devez m'écouter ! Quelque chose de terrible va se produire si nous n'allons pas tout de suite chez Tracy pour enlever ce miroir ! » jeta-t-elle, pêle-mêle.

Cette fois, ses parents échangèrent un regard surpris. Evidemment, ces paroles n'avaient pour eux aucun sens. Sa mère eut un geste affectueux.

« Du calme, ma chérie. Pourquoi ne vas-tu pas d'abord te faire chauffer un grand bol de lait ? Ensuite, tu prendras un bain et je te donnerai un petit calmant pour dormir. Je crains que tu n'aies pris froid aujourd'hui. »

Au bord de la crise de nerfs, Kate essaya alors de leur fournir tous les détails. Puis, sa voix se brisa.

« Vous devez me croire ! je n'ai rien inventé ! Même si je vous parais...

— Kate, l'interrompit fermement son père, personne ne peut vivre dans un miroir, voyons ! Bien sûr, je comprends que tu en veuilles à Tracy pour t'avoir volé le tien. J'en parlerai lundi à M. Van Reed. Mais, je t'en prie, cesse de chercher des prétextes ! Même si tu es en colère contre Tracy, ce n'est pas une raison pour rêver d'une punition aussi stupide ! »

Kate ouvrit la bouche pour protester, mais elle éclata en sanglots, désespérée de ne pouvoir convaincre ses parents.

« Je... Je savais bien ce qui arriverait si je vous disais la vérité ! hoqueta-t-elle.

— Allons, allons, dit doucement sa mère. Tu es en train de dramatiser. Calme-toi, Kate. Tu peux attendre demain pour voir Tracy et mettre les choses au point. Je suis certaine qu'elle te rendra ce miroir.

— Mais, je n'en veux pas ! hurla Kate. Refusez-vous vraiment de comprendre ce qui va se passer !

Un drame horrible ! Je le sais. Si je ne me rends pas tout de suite chez les Van Reed, quelqu'un va mourir ! » M. et Mme Mayfield lui jetèrent un regard navré. De toute évidence, ils se désolaient pour elle et nullement pour Tracy. Il n'y avait aucun moyen de les forcer à la croire.

« J'irai seule si vous ne voulez pas m'aider ! s'écria-t-elle en bondissant vers la porte. Je ne peux pas renoncer ! »

Une étreinte solide arrêta son élan.

« Un instant, gronda son père. T'imagines-tu que nous allons te laisser affronter la tempête pour une idée stupide qui te traverse la tête ! Assieds-toi, je te prie... »

Le reste de sa phrase fut couvert par la sonnerie stridente du téléphone. Kate bondit vers l'appareil, s'attendant à l'annonce d'une affreuse nouvelle. D'une voix étranglée, elle balbutia.

« Allô...

— Kate, c'est vous ? lança le Révérend Parsons d'un ton inquiet. J'étais furieux lorsque j'ai découvert que vous aviez pris la poudre d'escampette ! Toute la soirée, j'ai essayé de me rappeler votre nom de famille. Dieu merci, je m'en suis souvenu à temps. Avez-vous l'intention de vous faire posséder par des forces maléfiques, vous aussi ? S'il vous plaît, Kate, écoutez-moi.

— Oh, Révérend Parsons, c'est déjà fait ou presque ! Rose est sur place ! Je ne peux pas aider Tracy et mes parents refusent de me croire ! Ils ne veulent pas que je me rende chez les Van Reed ! »

Un soupir de soulagement résonna dans l'appareil et le Révérend Parsons reprit plus doucement :

« Dieu soit loué ! Vous n'y avez pas été ! Je ne me le serais jamais pardonné et...

— Mais il faut faire quelque chose ! Par pitié, aidez-moi ! »

Avant qu'elle ajoute quoi que ce soit, son père s'empara du combiné.

« Je vous prie d'excuser ma fille, déclara-t-il. Dernièrement, Kate a été très secouée et je suppose qu'elle vous a raconté son étrange histoire. Je crains que Kate ne soit allée un peu loin dans ses fantasmes. »

M. Mayfield s'interrompit pour écouter son interlocuteur. Et, soudain, une expression incrédule se peignit sur son visage. Kate priait pour que le pasteur parvînt à convaincre son père. De toute façon, quel que soit le verdict, Kate savait qu'elle trouverait bien le moyen de courir jusque chez les Van Reed. Rien ne pourrait l'arrêter.

Un rire amusé lui indiqua que M. Mayfield n'était pas encore disposé à croire le pasteur, car il persifla :

« Me demandez-vous vraiment de gober cette histoire ? Quel genre de pasteur êtes-vous ? Peut-être dirigez-vous quelque secte occulte ou autre mouvement de ce genre ? »

Un flot de larmes s'échappa des yeux de Kate. Des pleurs de désespoir mais aussi de peur. Le découragement l'envahit. Il était clair que le Révérend Parsons ne parviendrait pas à expliquer à M. Mayfield les dangers menaçant les Van Reed.

Bouleversée, Kate scruta le visage de son père. Tout à coup, l'expression de M. Mayfield changea imperceptiblement. D'abord incrédule puis cynique, et enfin réellement étonnée. Soudain il parut horrifié.

« Mais, maugréa-t-il après avoir écouté le pasteur en silence, c'est absurde ! De pareils phénomènes ne peuvent arriver de nos jours ? De plus, Dexter Van Reed est mon patron. »

Kate se remit à prier avec ferveur. Ses lèvres tremblèrent. Quand son père prit à nouveau la parole, sa voix était incertaine.

« Si ce que vous prétendez est vrai... Mais, comment le serait-ce !... C'est impossible... C'est... »

Les sourcils froncés d'Eric Mayfield trahissaient le conflit qui le déchirait. Tout à coup, avec un profond soupir, il capitula à regret.

« Très bien. Je conduirai moi-même Kate chez les Van Reed. Mais, si cette histoire est une vaste supercherie... »

Il ne termina pas sa phrase et raccrocha. Se tournant vers sa femme et vers sa fille, il déclara d'une voix rauque :

« C'était le pasteur auquel Kate a rendu visite à Abbotsfield, aujourd'hui. Il a confirmé la version de Kate et affirme que Tracy et ses parents courent un danger mortel.

— Allons-y tout de suite, papa, trépigna Kate. Après, il sera trop tard !

— Tu ne peux y aller seul, Eric », protesta Mme Mayfield en secouant la tête.

Mi-incrédule, mi-inquiète, elle ajouta :

« Et si ce qu'il t'a dit est vrai, comment un homme et une petite fille pourraient-ils affronter un esprit meurtrier ? C'est de la folie ! »

Mais M. Mayfield avait déjà enfilé sa veste.

« Préviens les policiers, lança-t-il à sa femme. Avertis-les que l'on soupçonne un assassin de s'être rendu chez les Van Reed. Demande-leur de nous envoyer des renforts... Mais, par pitié, ne leur raconte pas la vérité, sinon nous allons tous nous retrouver enfermés ! »

Kate courut derrière lui. Elle avait séché ses pleurs, mais son cœur battait à grands coups.

Dehors, la neige tombait toujours et la chaussée était plus glissante qu'une patinoire.

« Espérons que la voiture ne nous enverra pas dans le décor », grommela son père en tournant la clef de contact.

Pourvu surtout qu'elle démarre ! songea Kate. Puis, quand le moteur vrombit, la jeune fille soupira.

« Oh, papa ! J'aimerais ne pas avoir si peur ! »

Les lèvres de son père esquissèrent une grimace, mais il rétorqua d'un ton tranquille :

« Kate, si cela peut te consoler, j'ai quarante ans et j'ai vu bien des choses. Mais après avoir entendu ton histoire et celle du pasteur, j'ai fichtrement peur, moi aussi.

— Qu'allons-nous faire ? » demanda-t-elle, avec une lueur d'espoir.

M. Mayfield abandonna le volant une seconde pour poser sa main sur l'épaule de sa fille.

« Pour commencer, dit-il, nous pouvons garder le moral. »

Ils restèrent silencieux tout le long du trajet.

CHAPITRE 16

L'opulente maison des Van Reed semblait dormir paisiblement sous la neige, lorsque la voiture de M. Mayfield s'engagea dans la large allée.

Mais Kate savait qu'il n'en était rien. L'esprit de Rose se trouvait dans la propriété. Plus personne n'était à l'abri de cette force démoniaque qui s'était échappée du miroir pour venir prendre possession de la pauvre Tracy. Cette fois, aucune animosité ne guidait Kate. Il lui fallait aider et sauver sa camarade, plus fragile et plus vulnérable qu'elle.

« Où est la police ? » demanda la jeune fille.

Son père arrêta l'auto et éteignit le moteur.

« Donne-lui le temps d'arriver. Elle vient de plus loin et les routes sont mauvaises.

— Nous ne pouvons attendre pour agir. Il faut y aller tout de suite ! »

Kate se glissa hors de la voiture. M. Mayfield la suivit et gravit à son tour le perron brillamment éclairé.

Etreinte par l'émotion, Kate songea qu'un siècle plus tôt, Mary et Peter Bartlett avaient agi de même, en ce 3 décembre 1841 où il neigeait autant... Mon Dieu ! le dénouement serait-il semblable ?

D'une main un peu tremblante, la jeune fille agita la cloche de la porte d'entrée. Ils attendirent, l'oreille tendue, espérant entendre un pas résonner dans le hall.

Mais personne ne répondit.

« Papa, on ne peut plus perdre de temps, répéta Kate d'un ton haché. Il faut entrer. »

Posant sa main sur son épaule, son père la retint encore.

« Ecoute, Kate, pas d'affolement. On ne peut pénétrer ainsi chez les gens... Imagine que tout cela ne soit pas vrai ? »

Vrai ? Le mot était lâché. A moins de se retrouver devant le fait accompli, son père persisterait à douter.

Un vertige la fit chanceler. Elle-même ne souhaitait-elle pas éperdument s'être trompée ? Si seulement elle pouvait se réveiller dans son lit douillet et se dire que cette histoire n'était qu'un nouveau cauchemar !

Hélas ! le souvenir de ces derniers mois infernaux n'était que trop réel.

Kate ne put que bégayer tel un leitmotiv :

« Il faut y aller, papa... Il faut... »

Son père eut un geste irrité, comme devant une

enfant têtue. Mais son visage crispé soulignait malgré ses propres doutes...

« Très bien. Nous allons vérifier », marmonna-t-il.

Et d'un geste décidé, il tourna la poignée. A leur grande surprise, celle-ci ne résista pas et la porte s'ouvrit.

Le hall était désert. La maison semblait abandonnée. Ils restèrent un instant sur le seuil et Kate se fit des reproches. Qu'attendait-elle pour voler au secours de Tracy ?

Mais... n'était-il pas trop tard ?

« Hello ! Dexter ! appela M. Mayfield d'une voix forte. Il y a quelqu'un ? »

L'écho de ses paroles résonna lugubrement. Seul, le tic-tac d'un cartel égrenant ses secondes répondit à son appel.

Avec une once d'espoir, M. Mayfield grommela :

« Tu vois... Ils sont sortis... Rien de plus.

— Mais non, papa ! Je t'ai dit qu'ils étaient rentrés chez eux ! »

Hésitant, son père allait faire un pas en avant lorsque soudain le silence fut rompu par un cri terrifiant.

« Restez où vous êtes ! » hurla une voix affolée.

A cet instant, Mme Stout descendit comme une furie le grand escalier. Habituellement tirée à quatre épingles, la pauvre femme avait les vêtements en désordre, une mèche de cheveux tombait sur son nez et ses yeux étaient exorbités.

« Monsieur Mayfield... ! Mademoiselle Kate... ! N'approchez pas. Allez-vous en ! Non... Courez chercher de l'aide ! continua la femme de chambre en froissant nerveusement les coins de son tablier blanc.

— Tracy ! Où est Tracy ? » cria Kate.

M. Mayfield empoigna la domestique par les épaules.

« Calmez-vous, madame Stout, et dites-nous plutôt... »

Mais il fut interrompu de nouveau par sa fille.

« Viens, papa, viens ! Je t'en prie ! Tu vois bien que Mme Stout n'est pas en état de répondre ! Moi, je sais ce qui se passe ! Oh ! Mon Dieu... ! »

Effectivement, la brave servante semblait beaucoup trop terrorisée pour en ajouter davantage. Hébétée, elle les regarda gravir quatre à quatre les marches conduisant à l'étage.

Plus leste, Kate avait devancé son père. Elle ouvrit toutes les portes. Les pièces étaient apparemment vides. Elle courut jusqu'à la chambre de Tracy.

« Tracy ! C'est Kate ! Nous sommes venus à ton secours ! »

Sur ses talons, son père grondait.

« Kate ! Reviens ! Attendons la police ! Tracy peut être dangereuse... ! »

Si l'instant n'avait pas été si tragique, Kate eût éclaté de rire. Une minute plus tôt, son père n'avait-il pas insinué que tout cela n'était sans doute que balivernes ! Décidément, chacun pouvait en venir à douter de ses théories rationnelles !

Mais, il était trop tard.

Lorsque Kate surgit dans la chambre de Tracy, un spectacle cauchemardesque l'attendait.

Vêtue d'une longue robe de nuit blanche, les

cheveux en broussaille, les yeux lançant des éclairs, Tracy se tenait debout, à quelques mètres de M. et Mme Van Reed. Il émanait de sa frêle personne une force démoniaque... Comment Mme Stout avait-elle pu s'échapper ?

Tracy avait acculé ses parents et son frère dans un coin de la pièce. D'une main, elle tenait un long poignard affilé et de l'autre, son maudit miroir.

En voyant arriver Kate et son père, Tracy ne parut pas le moins du monde affolée. Tout au contraire, elle fit un pas en avant, en direction des siens, prête à frapper au moindre geste des Mayfield.

« Tracy ! hurla courageusement Kate. Ne fais rien ! Ne bouge pas ! »

Blêmes, les parents de Tracy semblaient pétrifiés. Mme Van Reed avait une expression plus égarée que jamais. Quant à son mari, ses lèvres tremblaient et sans doute attendait-il l'occasion propice pour bondir sur sa fille et la désarmer.

Tous savaient qu'au moindre mouvement, Tracy se jetterait sur l'un d'eux. Dans leur regard, la même horreur pouvait se lire : était-ce bien Tracy Van Reed qui leur faisait face ?

« Kate ! Attention ! » souffla son père.

Un rictus déforma la bouche de Tracy.

« Non, au contraire, avance ! » siffla-t-elle.

Ce n'était plus sa voix. Kate la reconnut. C'était le timbre aigu de Rose.

« Non, Tracy, non ! cria Kate, horrifiée. Nous savons ce que tu veux faire ! Nous connaissons cette Rose qui te possède ! Je t'en prie, Tracy, donne-moi ce poignard ! »

Pour toute réponse, Tracy se mit à fredonner.

« Rose... Rose... rouge comme ma colère... Personne ne prend garde à la magie des roses rouges... »

Soudain le visage de Tracy devint flou et Kate eut l'impression de voir distinctement la figure pâle et le regard flamboyant de rage de Rose Henley. Sa voix métallique résonna de nouveau dans la chambre.

« Serais-tu jalouse de Tracy, par hasard ? »

Elle éclata d'un rire dément.

« Tu n'étais pas celle qu'il me fallait, continua-t-elle. Tu es bien trop gentille ! Qui a besoin de filles dans ton genre ? Je voulais Tracy et elle aussi me voulait. Tu n'aurais jamais dû entrer en possession de ce miroir ! Tu es bien trop sage pour apprécier ses pouvoirs. Voilà pourquoi tu les as combattus, espèce de sale petit ange ! »

Kate ne broncha pas, décidée à ne pas se laisser intimider. Pour peu que les Van Reed et son père n'interviennent pas, elle savait ce qui lui restait à faire.

« S'il te plaît, dit-elle doucement, en tendant la main vers Tracy. »

Celle-ci brandit lentement son poignard.

« N'approche pas, Kate. Je vais m'amuser avec toi, avant que tu ne meures comme les autres. »

Kate frissonna. La situation était critique. Pour que tous se laissent dominer par cette adolescente, il fallait vraiment qu'une force démoniaque émane de cette dernière.

« Donne-moi ce couteau, Tracy, continua Kate en s'approchant imperceptiblement.

— Viens le chercher toi-même, Kate... » siffla la voix perçante de Rose.

A cet instant, la sirène de la voiture de police résonna au-dehors. Tracy se raidit et un rictus sauvage déforma sa bouche.

« Tu as osé appeler des policiers pour te protéger ? Tu vas me payer ça ! »

Une colère démentielle tordit alors son joli visage. Cette fois, la fureur aveugle de Rose Henley se trouva décuplée.

Avant que quiconque puisse intervenir, Tracy bondit vers Kate, le poignard en avant. Des cris jaillirent.

« Kate ! hurla son père, oubliant toute consigne de prudence.

— Attention ! » crièrent les Van Reed.

Mais, plus leste que Tracy, Kate eut la présence d'esprit de s'emparer qu'une chaise qu'elle lui lança dans les jambes. Tracy chancela et dans son élan, perdit l'équilibre pour choir de tout son long sur le plancher.

Dans sa chute, elle avait lâché le poignard et le miroir, et maintenant elle rampait pour essayer d'atteindre celui-ci.

Kate fut plus rapide. Profitant de cette occasion inespérée, elle s'en empara sans se soucier de la voix suppliante de Rose.

« Non ! Arrête ! Tu ne peux pas ! Tu vas me détruire ! »

Une seconde plus tard, Kate le lançait de toute ses forces contre le mur où il se brisa en mille morceaux.

Simultanément, les traits crispés de Tracy se

détendirent et la jeune fille se laissa aller sur le sol.

En faisant irruption dans la pièce, les policiers trouvèrent quatre personnes horrifiées et pétrifiées et une jeune fille évanouie...

Penchée sur sa camarade, Kate se redressa, en souriant...

Tracy Van Reed était à jamais délivrée de l'esprit de Rose Henley... son joli visage était paisible... jusqu'à ce petit pli hautain qui ne déformait plus les coins de sa bouche.

ÉPILOGUE

Les habitants de Shelter Cove ne se doutèrent jamais de la nuit atroce que les Van Reed avaient vécue dans leur somptueuse propriété.

La Police fédérale eut beau mener une enquête pour découvrir ce qui s'était passé, les Van Reed et les Mayfield demeurèrent obstinément muets. Mais, comme il fallait bien établir un rapport, la conclusion fut que Tracy Van Reed souffrait de crises... d'épilepsie !

Même Donna n'apprit jamais la vérité.

Eric Mayfield à juste titre jugea qu'il fallait l'avoir vécue pour l'admettre. Trop de rumeurs fantaisistes donnent une version déformée des faits.

En revanche, ce drame le rapprocha considérablement de Dexter Van Reed et de son épouse et non seulement leur association dans le travail en fut bénéfique, mais ils devinrent les meilleurs amis du monde.

Il en fut de même pour Kate et Tracy. Cette dernière se plaisait à répéter, mi-figue mi-raisin :

« Voilà que je subis maintenant ton influence ! Quand donc serai-je moi-même ? »

Mais, ne subit-on pas toujours l'influence de quelqu'un ? Aussi Kate se contentait de riposter :

« Je crois plutôt que l'on a tous quelque chose à apprendre des autres. »

Bien sûr, Kate retourna voir le Révérend Parsons peu après cette nuit d'angoisse.

« Je ne pourrai jamais cesser de me blâmer, lui avoua-t-elle. Si je n'avais pas acheté ce miroir, rien ne serait arrivé.

— Allons, Kate, gronda-t-il gentiment. Il est inutile de se culpabiliser. Aucun acte, ni aucun geste n'est gratuit. Mais, tout au contraire, ils contiennent un enseignement. L'esprit diabolique de Rose Henley a attendu des années avant de trouver quelqu'un qui l'écoute. Il faut croire que cette épreuve vous était destinée. Vous l'avez supportée courageusement et vous avez sauvé votre camarade, mais aussi... Rose Henley.

— Rose Henley ? »

Le Révérend Parsons hocha la tête.

« Si Rose était parvenue à ses fins, il y a de fortes chances qu'elle ne s'en soit pas tenue là... Elle aurait fait d'autres victimes. Ces ondes de vengeance avaient imprégné le miroir. En le brisant, vous les avez anéanties ainsi que les mauvais instincts de Rose.

— Mais... Rose ? Que va-t-elle devenir ? balbutia Kate.

— Rose va enfin pouvoir s'élever dans un monde plus lumineux où elle aura encore beaucoup à apprendre. »

Kate demeura pensive.

« Dites-moi, Révérend Parsons, si notre colère émet des ondes aussi négatives dont peuvent hériter notre entourage ou... des objets... en est-il de même pour chacune de nos pensées ?

— Hélas ! oui, Kate. Chaque fois qu'un être humain a une pensée mauvaise, c'est une onde qu'il retransmet autour de lui. C'est peut-être pour cela que le monde va si mal... Croyez-vous que dans un univers d'amour et de paix, les hommes songeraient à se battre ? »

Aujourd'hui, le temps s'est écoulé et cette histoire est quasiment oubliée.

Après quatre années de lycée, Kate a choisi l'Université de Boston pour poursuivre ses études. Sitôt qu'elle en aura terminé avec ses examens, elle reviendra à Shelter Cove pour enseigner dans le cher lycée de son adolescence.

En attendant, la jeune fille passe tous ses week-ends et ses vacances dans cette ville redevenue paisible.

Dernièrement, Kate est retournée voir le vieux M. Jenkins.

En dépit de la chaleur de l'été, elle a trouvé l'antiquaire emmitouflé dans son cardigan rouge.

« Mais, je me souviens de vous ! s'est-il écrié

d'une voix plus cassée que jamais. N'êtes-vous pas la jeune fille qui m'a jadis acheté un miroir ?

— Oui, en effet.

— Est-ce que par hasard, vous désireriez autre chose ? »

La façon dont Kate a secoué vivement la tête a éveillé ses soupçons.

« J'avais raison, n'est-ce pas ? » a-t-il ajouté tout en la scrutant de ses yeux clairs et vifs.

Après une seconde d'hésitation, Kate a préféré ne pas répondre. Les histoires de fantômes ne sont guère crédibles et pourtant, puisque l'âme est immortelle, pourquoi ne se manifesterait-elle pas de temps en temps ? Avec amour aussi !

Devant sa mine déconfite, M. Jenkins a éclaté de rire.

« Moi, je le sais, a-t-il conclu. Et vous aussi. Mais, nous ne sommes pas forcés d'en parler, hein ?

— En effet, monsieur Jenkins », répondit Kate.

Car, en fait, n'applique-t-elle pas avec Tracy Van Reed cette sage résolution ?

Les deux jeunes filles ont mille choses à se raconter hormis cette épreuve difficile : leurs projets d'avenir, la vie, les vacances, leurs amours ! Jim a désormais un sourire charmeur, car il s'est fait remettre une dent sur le devant ! Maintenant que Kate et Tracy connaissent les ravages de la colère, elles évitent de se disputer.

Il leur arrive même de se faire des cadeaux pour leurs anniversaires. Toutefois, sage prudence, Kate se garde bien d'offrir des roses à Tracy.

SPECTRES

Enfin des livres où les pages
claquent des dents.

La série SPECTRES : une série pour les amateurs de sueurs froides et d'émotions violentes, une série qui fait découvrir les phénomènes du surnaturel : prémonitions, télépathie.

ATTIRANCE — Imogen HOWE

Janet va attaquer l'escalier quand elle croit entendre des bruits de pas!
Immobile, le corps tendu par la peur, elle retient son souffle.
Un sifflement lugubre transperce la nuit.
Janet ignore qu'elle est entre les pattes d'une créature maléfique en balade chez les vivants pour une tâche sinistre ordonnée du fond des temps.

POUVOIRS DIABOLIQUES — Dorothy BRENNER FRANCIS

La paupière lourde, Kelly reconnut la tête du toubib.
Une fois de plus, un terrible flash durant son sommeil : son amie Bonnie assassinée à des milliers de kilomètres, et ce rire odieux qui revenait sans cesse.
Elle savait qu'un jour, ce rire aurait un visage.

SOMMEIL DE MORT — Dale COWAN

Jennie était partie pour faire le tour du cadran.
Confort total!... mais voilà! dans le couloir le plancher craque... juste là derrière sa porte!
Effrayée, Jennie songea à la prière accrochée au-dessus de son lit :

> "Des vampires et des fantômes,
> des bêtes aux pattes velues
> et des créatures qui rôdent dans la nuit
> Délivrez-nous, Seigneur."

Jennie espérait vivre en Écosse un été pas comme les autres.
Elle n'allait pas être déçue!

VOIX DANS LA NUIT James HAYNES

Une fois de plus, venant de l'écurie, la voix rauque déchira la nuit.
Tremblant de tout son corps, Christie agrippa le bord de son lit.
Elle devait lutter, résister de toutes ses forces.
Sans le savoir, Christie avait taquiné un vieux démon qui en écrasait depuis des siècles.
Il cherchait maintenant à lui faire partager son monde : les ténèbres!

L'INITIATION Robert BRUNN

Adam ouvrit au hasard le vieux livre trouvé par Loren : « Le sang de l'homme est notre lait. Buvez-en abondamment et le monde sera vôtre. Nous sommes des êtres supérieurs et tous les humains que nous mordons deviennent nos fidèles serviteurs... »
Adam referma rapidement l'ouvrage.
« Voyons, Loren, tu sais bien que les vampires ne sont que pure invention. »
Les deux jeunes gens allaient malheureusement découvrir que ces monstres assoiffés de sang n'existent pas qu'au cinéma.

PUISSANCE OCCULTE Betsy HAYNES

La silhouette s'approcha lentement. Le brouillard dissimulait ses traits. Marilyn sentit son sang se glacer tandis que le sombre visage se penchait vers elle.
« N'essaie pas de m'échapper. C'est inutile.
TU ES EN MON POUVOIR... »
Marilyn refusait de croire à cette effroyable révélation. Et pourtant... Elle n'était plus désormais qu'une marionnette sans volonté, manipulée par un être doté d'étranges pouvoirs psychiques.

LA CHANSON DE LAURIE Suzanne RAND

"J'ai carrément piqué un fard quand Skip, la coqueluche du lycée, m'a proposé de prendre un pot. Il écrivait des textes pour son groupe de rock. Je lui proposais un coup de main.
Il me brancha sur le couplet sur lequel il ramait. Les mots jaillirent de ma bouche... au feeling! Bluffé le play-boy! Dès cet instant je n'avais plus qu'une idée : chanter en duo avec lui."

COVER GIRL Yvonne GREENE

« La directrice de *Photo Star* croit que tu peux avoir un grand avenir de mannequin.
– *Photo Star!* Mais c'est l'une des plus importantes agences de New York... Oh! Maman, je ne sais quoi dire, c'est tellement inespéré... »
Soudain, je songeai à Greg et à notre rendez-vous. Qu'allait-il penser de ma nouvelle « profession », lui qui déteste la mode et le maquillage?

LA FILLE AUX YEUX VERTS Suzanne RAND

Je faillis lui jeter le flacon de parfum à la figure et lui dire de le garder pour *son* amie Pam.
J'étais furieuse et découragée. La bague, la chevalière du lycée, par laquelle il pouvait se lier avec une fille, était encore à son doigt...
Il allait l'offrir à cette Pam, j'en étais persuadée...

LA FILLE DE CALIFORNIE Janet QUIN-HARKIN

Je restai un long moment, les yeux fixés sur la porte de la cafétéria, essayant de calmer mon mal du pays. Ah ! La Californie !
Tout à coup, je sentis que quelqu'un me regardait, je tournai vivement la tête : dans la pénombre, un garçon brun m'observait attentivement.
« Pourquoi me regarde-t-il ? » me demandai-je en baissant les yeux sur mon sandwich. Gêné, il rangea les papiers qui traînaient sur sa table, un feuillet tomba par terre, devant moi... c'était mon portrait...

LA NUIT DU CAMPUS Debra SPECTOR

Tout a débuté quand le professeur d'économie politique a lancé :
« Barbara Vreeland et Michael Mc Nally ».
Les deux étudiants devaient préparer *ensemble* un exposé !
Barbara était effondrée : depuis l'âge de six ans elle se disputait avec Michael. Tout semblait les opposer et la décision du professeur était absurde.
Mais Barbara et Michael avaient peut-être changé sans s'en rendre compte...

Sweet Dreams

IMPRIMÉ EN FRANCE PAR BRODARD ET TAUPIN
58, rue Jean Bleuzen - Vanves - Usine de La Flèche, 72200
Loi n° 49-956 du 16 juillet 1949 sur les publications destinées à la jeunesse.
Dépôt : juin 1985.